COLLECTION FOLIO

Pierre Magnan

Ma Provence d'heureuse rencontre

Guide secret

Denoël

ESSAI D'AUTOBIOGRAPHIE

Auteur français né à Manosque le 19 septembre 1922. Études succinctes au collège de sa ville natale jusqu'à douze ans. De treize à vingt ans, typographe dans une imprimerie locale, chantiers de jeunesse (équivalent d'alors du service militaire) puis réfractaire au Service du Travail Obligatoire, réfugié dans un maquis de l'Isère.

Publie son premier roman, *L'aube insolite*, en 1946 avec un certain succès d'estime, critique favorable notamment de Robert Kemp, Robert Kanters, mais le public n'adhère pas. Trois autres romans suivront avec un égal insuccès.

L'auteur, pour vivre, entre alors dans une société de transports frigorifiques où il demeure vingt-sept ans, continuant toutefois à écrire des romans que personne ne publie.

En 1976, il est licencié pour raisons économiques et profite de ses loisirs forcés pour écrire un roman policier, *Le sang des Atrides*, qui obtient le prix du Quai des Orfèvres en 1978. C'est, à cinquante-six ans, le départ d'une nouvelle carrière où il obtient le prix RTL-Grand public pour *La maison assassinée*, le prix de la nouvelle Rotary-Club pour *Les secrets de Laviolette* et quelques autres.

Pierre Magnan vit aujourd'hui à Forcalquier. La sagesse lui a dicté de se rapprocher des lieux habités et de se séparer des surplus. C'est ainsi que sa bibliothèque ne se compose plus que de vingt-cinq volumes de la Pléiade et de quelques livres dépenaillés pour avoir été trop lus. Il aime les vins de Bordeaux (rouges), les promenades solitaires ou en groupe, les animaux, les conversations avec ses amis des Basses-Alpes, la contemplation de son cadre de vie.

Il est apolitique, asocial, atrabilaire, agnostique et, si l'on ose l'écrire, aphilosophique.

P. M.

Élégie

Chuchote ô ma Provence, ne force pas ta voix. Dans le concert discordant qui s'élève pour te célébrer à l'envi ne cherche pas à dominer les fausses notes qui t'encensent. Ne sois qu'une source parmi tant de cataractes.

Ceux qui t'aiment n'ont pas besoin de te parer d'oripeaux chatoyants ; ceux qui sont nés dans ton sein n'ont pas besoin de t'apprendre. Ils ne bousculent pas tes austères trésors. Ils savent que la moindre ride des eaux peut ternir ton miroir et que tu n'es visible et palpable qu'à travers la pudeur de nos mots maîtrisés. L'adjectif ne te convient pas, ô Provence ! Tu es trop dure et trop tendre à la fois pour ne pas te contenter de rudes substantifs.

Sans doute serai-je le dernier à te chanter intacte. Ton destin va être, par le fer ou par le feu ou par d'insidieuses interpénétrations, de te fondre dans le grand tout comme la mer dissout les fleuves. On ne trouvera plus de toi que des découvertes archéologiques bonnes pour le musée ; que des strates entre tant d'autres couches métamorphiques.

Alors puisque chacun se bouscule pour apprendre au monde qu'on t'a parfaitement comprise ; puisque tu es célébrée par des auteurs qui ne rêvent que cigales et galoubets ou bien par d'autres qui ont fait partager au lecteur leur conception particulière de nos mœurs et caractères (« Parbleu ! Je savais bien que c'était ça la Provence ! »), et puisque désormais notre civilisation s'est éparpillée sous tant d'apports qui ne sont que surcroît, j'ai voulu murmurer ma propre vérité.

Ce pays qui m'a vu naître et que je n'ai quitté à plusieurs reprises que sous la contrainte de l'exil, j'ai voulu pleurer sur lui comme jadis sur l'Arcadie les bergers survivants.

On trouvera dans ces pages la nostalgie des arômes, des odeurs nourricières, des visages disparus et des voix chères qui se sont tues.

Ma Provence était un pays de gens heureux auxquels leur pauvreté convenait. S'éveiller en elle chaque matin était la fortune suprême. Nous savions regarder le soleil en face et la mort pareillement ; certains que, mourant, nous laissions toujours quelques floches de nous-mêmes contre les buissons de nos talus stériles.

À notre ciel nous avons rendu grâce par notre joie.

Vous qui passez souvenez-vous de nous.

Routes intérieures

Quand on a le privilège d'être natif, le monde de votre pays ne se découvre pas de l'extérieur comme une planète inconnue, il ne s'explore pas. On implose en son giron. Orgueil ? Que non pas. Humilité au contraire. Ainsi ai-je surgi au cœur de la Provence liant connaissance avec mon berceau par mes oreilles d'abord. Le bruit du vent est le premier qu'on entende parce qu'il dérange et bouscule. L'odorat vient ensuite. Je me souviens d'avoir respiré l'odeur des grands bois sur les vêtements de mon père, lignard dans une compagnie d'électricité ; l'odeur des légumes et des herbes dans le tablier de ma grand-mère qui me donnait à boire en me tendant celui-ci transformé en abreuvoir sous ma bouche. J'y voyais le reflet du paysage à l'envers, plus beau que l'original. Je marchais encore à tâtons, en m'accrochant aux meubles que déjà, grâce au parfum de ma paillasse bourrée tous les huit jours de paille neuve, je pouvais imaginer ce qu'est un champ de blé par 40 °C à l'ombre. La paille avait gardé la trace de cet excès et me le rendait au creux de l'hiver. Peu à peu s'élargit autour de moi, d'abord sur quelques centaines de mètres, le périmètre qui cernait les maisons de mon père, de mes grands-parents, de mon grand-oncle et de mes tantes. À quatre ans, ma grand-mère paternelle m'envoyait chercher du persil à Saint-Pierre, un bien qu'elle avait, distant de un kilomètre. Je faisais le chemin en courant. Jusqu'à quinze ans je n'ai pas su marcher, je courais. À cinq ans, le périmètre devint immense : il couvrait sept kilomètres de côté. Il avait pour limites Sainte-Tulle, Pierrevert et Volx. À Volx, on n'allait jamais, on n'avait rien à y faire. Ma tante Hélène m'y mena tambour battant une seule fois, par le sentier du canal d'arrosage qui brodait ses méandres au flanc de la plaine. Elle avait là-bas des connaissances qui habitaient au bord du rocher de Bellevue. J'y vis un couple d'aigles installé en croix, immobile dans l'air, à trois cents mètres au-dessus de moi. Je crois que pendant l'heure rapide que dura la conversation de ma tante avec ses amis, je gardai la tête levée, l'œil fixé sur ces aigles incroyablement cloués sur l'azur. Ils me disaient adieu. Ni moi ni personne n'avons plus rencontré les aigles de Bellevue.

Sainte-Tulle, c'était autre chose. Ma tante Louise y avait une épicerie et des enfants. Ma grand-mère Brunel m'y traînait deux fois par semaine soit par la route, soit par les chemins à travers champs. Nous franchissions, sur des passerelles vermoulues, des ruisseaux grossis par les pluies. Nous nous perdions car les labours effaçaient les sentiers. Le soir, de Sainte-Tulle, nous revenions par le train. La gare était éclairée au pétrole. Je ne sais pas quels sont les poètes qui furent responsables des gares de mon enfance. À côté de chacune d'entre elles, ils avaient prévu un jardin public. Les arbres avaient plus de quinze mètres de haut et le vent parmi eux faisait un beau bruit de regret. On était seuls, presque toujours, sur les bancs publics des troisièmes. Je collais mon visage contre la glace. C'était la nuit totale. Rien n'est plus propre à exciter l'imagination d'un enfant qu'un train à vapeur qui rampe à cinquante à l'heure en sifflant tous les cinq cents mètres sous prétexte de passage à niveau. Parfois, la lune démasquait le paysage, communiquait des ombres aux arbres, des reliefs aux collines. Ce fut grâce à elle que je vis pour la première fois la Tête de l'Estrop (2 960 mètres) debout comme un cheval au fond de la plaine et toute scintillante de neige neuve. C'est notre modeste toit du monde à nous autres Bas-Alpins. Elle est nichée comme un sextant au centre du département. Et si on ne la voit pas de quinze jours, on se sent mal à l'aise.

C'est à dix ans, à l'occasion d'un concours des Bourses, que je me rapprochai de ce pôle. L'ombre de sa froideur ne m'atteignit que ce jour-là, à Digne, par la fenêtre de l'hôtel ouverte par mon père afin que nous respirions mieux. J'étais à l'affût d'un autre monde. Il se révélait par un souffle inexplicable, souple, odorant d'une senteur d'arbres qui n'étaient pas ceux de chez nous. Ce n'était pas de mystères lointains que je rêvais. Me rapprocher des montagnes du pays et respirer l'odeur des conifères suffisait à meubler ma tête de souvenirs dont, plus tard, je ne me rassasierais jamais.

Pendant quinze ans, la ville d'Arles fut aussi mythique pour moi que celle d'Oulan-Bator. *L'Arlésienne*, que je vis à dix ans, fut longtemps la cause de l'ostracisme en lequel je tins cette cité. L'opulence orgueilleuse qui se dégageait de l'atmosphère de cette pièce, en dépit du théâtre de plein air où elle se déroulait et où le vent gondolait les décors, me rendait bien futile le drame qui s'y jouait. Les costumes étaient chatoyants, les femmes mises comme des princesses. Elles étaient grandes, sveltes. On sentait que leurs mains aristocratiques ne touchaient jamais la vaisselle. Ma Provence à moi était noire et triste. Dès quarante ans, les femmes y étaient en deuil et ne le quittaient plus. Le noir dominait les vitrines de prêt-à-porter. Les veufs arboraient longtemps de larges brassards de crêpe sur les manches des vestes de velours. Dans mon âme d'enfant s'obstinait un doute qui ne faisait que grandir : la terre où j'étais né n'était pas la Provence. La Provence était plus riche, plus voyante, plus chargée d'oripeaux, plus grasse en un mot, que nous ne l'étions entre Bléone et Durance, entre Lure et Ventoux.

En somme, le pays que j'ai à vous offrir est une terre où la parcimonie de la nature est élevée à la hauteur d'une institution. Un paysan de mes amis m'a dit un jour : « Ici, il n'y a que l'air qui est bon. » Chaque matin je m'éveille devant les soixante kilomètres d'air et de pauvreté qui sont mon apanage quotidien. Là-bas, à cinquante kilomètres d'ici, le Mourre de Chanier où se lève le soleil au solstice d'hiver a la forme d'une cathédrale. Celle-ci est érigée sur les colonnes du Verdon, en bas, mille mètres au-dessous. C'est un pays où l'eau est rare. Les églises y avaient les bénitiers les plus petits du monde, à peine gros comme des mortiers à piler l'ail, creusés dans les piliers au plus profond de l'ombre et, nonobstant, le plus souvent à sec, remplis de feuilles mortes. C'est un pays où la couleur verte est une récompense. Quand on la trouve à profusion, on crie au miracle.

C'est ce qui m'est arrivé à Barras, près de Thoard, entre Digne et Sisteron, par le défilé de Pierre-Écrite. Quand, saoulé de jaunes éclatants et de squelettes de pierre, il me faut du vert à tout prix, je vais à Barras. Je ne dérange personne. Je me contente de contempler depuis la route le plus beau gazon du monde à force d'être vert. C'est une symphonie de verts dégradés du plus prodigieux effet. L'herbe verdit même les meules de paille oubliées où elle croît parmi le chaume. C'est le cas aussi dans la plaine de Mane, entre Forcalquier et le verrou de Roche-Amère, à l'entrée de Volx, qui sectionne comme d'un coup d'épée le Luberon en deux tronçons : l'opulente montagne aimée des touristes, à droite, qui s'en va en fumées bleues vers Apt et le plantureux Vaucluse ; et le pays aimé des corbeaux, à gauche, qui s'en va lui seulement jusqu'à notre nœud du mystère : Ganagobie et son cloître et sa source parcimonieuse et ses berceaux de calcaire où ont été découpés les clefs de voûte des nefs et les chapiteaux du promenoir. Là, une église rose au couchant, au ras de l'herbe, vous saute dessus de tout son portail historié, plutôt qu'elle ne vous accueille, tant elle est tapie au détour d'un mur orbe.

Quittons-la par le côté nord, parmi l'océan des pins grésillants qui appellent furieusement l'incendie. Je vais écarter les ronces géantes mortes et vives, plus agressives si elles sont mortes, parce que les socs recourbés de leurs épines qui vous lacèrent vont se détacher de la tige et s'amarrer à votre peau. Je vais parcourir à travers bois secs cinq heures de marche, à me saouler de solitude et d'inutilité sans rencontrer âme qui vive ni autre chose que du silence. Je vais avoir soif. Celui qui se précautionnera contre la soif ne pénétrera jamais la profondeur de ce pays. J'irai, plein d'espoir, à la recherche de ruisseaux que je trouverai secs, de sources de moi seul connues et qui seront taries, de puits aux portes fermées dont les clefs sont ensevelies pour toujours sous les ruines de fermes écroulées. Ainsi, j'arriverai jusqu'à cette autre énigme, pendant de Ganagobie, phare de pierre à flamme figée : la chapelle Saint Donat, seule construction au milieu d'une forêt d'yeuses, se haussant au-dessus des arbres. Pour quel peuple disparu un sanctuaire si énorme en des lieux si déserts ? La présence d'un saint, à l'aube du Moyen Âge, suffit-elle à la justifier ? Saint-Donat est indescriptible. Dire que c'est un édifice roman n'explique rien. Celui qui ne se posera pas de questions sur ces colonnes et ces murailles énigmatiques n'aura pas pris conscience de notre mystère et ne pourra y participer. Ici aussi, d'ailleurs, un peu d'herbe verte et un filet d'eau, beaucoup plus bas, font office de rédemption. À partir de Saint-Donat, entre Peyruis et Cruis, nous allons pouvoir, si nous le voulons, marcher trois jours sans croiser personne, pas un village, pas un hameau, pas une ferme. Il nous suffira de mettre le cap plein nord sur l'étoile polaire. Alors, les bois d'abord et les clapiers ensuite nous hausseront jusqu'au sommet de Lure.

Cette montagne aride où les plus gros orages sont bus incontinent par la passoire du sol, cette montagne bénigne aux croupes rebondies qu'on a envie de palper, cette montagne est la mère de toutes les eaux qui sourdent dans les plaines jusqu'à cent kilomètres à la ronde. Elle est la pourvoyeuse obstinément secrète de la Fontaine-de-Vaucluse et de sa résille de sorgues, mais vous y mourrez de soif des journées entières jusqu'à l'hallucination. Un géologue de mes amis que j'interrogeais sur cette taupinière (à peine 1 900 mètres) apparemment sans importance a détourné pudiquement les yeux pour me répondre. « L'étude de Lure, m'a-t-il dit, n'a jamais été poussée très avant. En fait, je dois avouer que cette montagne nous est très mal connue. »

Cependant, la dernière croupe péniblement gravie (on croit toujours qu'elle est facile) vient de nous jeter à la figure trois cents kilomètres d'Alpes : depuis le Gelas des Alpes-Maritimes jusqu'au mont Aiguille dans le Trièves, en passant par l'anarchique massif du Pelvoux, rejeté hors de la chaîne principale comme un surplus qui n'aurait pas servi. Un massif en dernier carré, bien compact, en couronne, qui vous soufflera son haleine froide à travers les deux cents kilomètres qui vous séparent de la barre des Écrins (4 000 mètres) bien en face, bien dans l'axe du sommet de Lure. Et, entre lui et vous, vous jetterez les yeux sur l'à-pic sournois auquel ne vous a pas préparé la rondeur de cette montée en pente douce, car Lure est brusquement interrompue dans sa croissance paresseuse par cette faille, la vallée du Jabron. Vous pensez à un ossuaire. Vous vous demandez de quoi peuvent bien vivre ces villages à peupliers que vous voyez en bas. Nous dévalerons vers eux par les drailles, à travers les hêtres hauts de vingt mètres, l'or de l'automne, qui s'efforcent d'oublier qu'ils croissent au nord en allant chercher la lumière le plus haut possible. Nous remonterons à travers les tilleuls de la Drôme qui fait ici une anse vers les Basses-Alpes, vers le col du Négron. Nous retrouverons la Lure aimable, ses croupes étoilées de hêtres pourpres, ses lieux énigmatiques au nom d'épées s'entrebattant : Ferrassières-Basse, Ferrassières-Haute. Nous descendrons, hallucinés, ayant besoin de beaucoup d'eau pour en avoir si peu vu, parce que les itinéraires consultés nous en ont davantage promis. Il n'y a pas, en effet, concernant nos pays, de rêveries plus poétiques qu'un cadastre, une carte IGN, voire d'état-major. Les cartographes vous agrémentent de toute une résille de filets bleus à faire saliver les pêcheurs de truites, des lieux-dits où la terre n'est plus qu'un vaste craquèlement lunaire. C'est pourquoi je vous ai promis, dès le début, mes fontaines.

Sous Lure qui commence à bleuir par ce soir d'été, je vous ferai passer par la Rochegiron, au carrefour de deux routes. Là se trouve la première source de longtemps rencontrée. Elle coule confidentiellement dans un lavoir à sarcophage. Ou bien nous gagnerons Lardiers ; Lardiers, c'est la fille des eaux en pays sec. Il y a là les plus beaux canons de fontaine de tout Lure. Ils tissent tous deux en roucoulant une tresse chatoyante qui joue de l'orgue plus bas dans les bassins. Vous ne vous rassasierez pas de les contempler couler. Il sera temps. Le soir tombe. Par le rocher d'Ongles et le Gubian, nous trouverons le vallon de la Laye. Nous nous reposerons au crépuscule au bord d'un ruisseau masqué de menthe muscade et où chuinte quelque crapaud. Là-haut, tout neuf, quoique vieux de plus d'un millénaire, nous verrons le Revest-des-Brousses. Avec un peu de chance nous y entendrons sonner l'heure. C'est la plus belle des choses dans le soir. Nous gravirons la pente douce parmi les prés que la sécheresse épargne toujours. C'est vrai que dans les matins et les soirs, depuis plus de cinquante ans que je le fréquente, ce village m'est toujours apparu comme neuf, tant l'air et la lumière et le tertre qui le supporte respirent l'éternité inusable.

Au Revest-des-Brousses, vestige d'un rempart, il existe une porte coupant la pente d'une rue à orties. Cette porte a encore son vantail de bois. Vous le verrez, vous le toucherez, vous compterez ses clous de forgeron, vous l'admirerez comme un vieux meuble car il est blanc de vieillesse comme sait blanchir le chêne quand d'innombrables saisons l'ont outragé. Vous méditerez sur cette porte pendant que la rue où je ne me suis jamais lassé d'entendre le vent qui vient de Lure, nous portera vers ce coin sombre qu'éclairent les flammes d'un four. Vous pourrez assister à ce spectacle biblique : un boulanger cuisant le pain de tout un peuple. Quand vos yeux seront rassasiés de cette armoire à souvenirs que constitue un four à bois en action, il sera temps, et l'odeur du pain cuit vous le rappellera, de vous acheminer vers Forcalquier.

On hésite toujours à parler de ce qu'on préfère. On a peur de le faner en seulement l'évoquant. On craint la vindicte de ceux qui pensent qu'à cinq mille que nous sommes ici, nous sommes déjà trop ; que la beauté de ces lieux n'est que fragilité à la surface de la terre et que chaque pas nouveau qui la piétine contribue à l'effacer. Venez respirer Forcalquier quand la nuit tombe. Vous y gagnerez à ses terrasses la vacuité de l'âme qui convient au repos et je crois qu'à partir d'ici vous serez à même de comprendre pourquoi ce pays me convient et pourquoi, y étant admis, je puis en toute quiétude être atteint d'incuriosité totale pour le reste du monde. D'autres vous conteront ou vous peindront les lavandes, les cyprès, les oliviers, le thym et la sarriette. Mais là n'est pas l'essentiel du pays. L'essentiel du pays, comme pour l'amour, ce pourquoi il est plus envoûtant qu'un autre, c'est le mystère. « Passant, écrit Valéry au fronton de Chaillot, n'entre pas sans désir. » Ici, chez nous, celui qui entrera sans imagination s'en reviendra bredouille.

Le creuset de mes mystères

C'est la Provence de Giono. Elle se niche dans la vallée du Jabron, s'incarne dans le cirque de Digne ou les sources du Coulomp. Selon que vous vous affirmerez puissant ou misérable, elle vous accueillera en conquérant suspect ou en connaisseur éclairé.

En vérité, je n'aime qu'un tout petit morceau de Provence. Je n'ai d'accès en profondeur ni sur les Alyscamps d'Arles, ni sur les chartreuses des Maures, ni sur les calanques autour de Marseille, ni sur aucune des plages de rêve qui festonnent la Méditerranée de Saint-Jean-Cap-Ferrat au golfe de Saint-Tropez. Je ne saurais sur tous ces lieux, ni sur leurs habitants ni sur leur histoire, écrire une seule ligne. Mon imagination n'a fait que survoler ces beautés. Elle n'en a pas été fertilisée. Tout ce qui est trop riche, trop opulent, trop ostentatoire, laisse ma sensibilité stérile. Si j'ai eu l'occasion d'affirmer cent fois que je suis atteint d'incuriosité totale pour le reste du monde. C'est que je suis limité par le temps qui m'est imparti ici-bas. Mon attention passionnée est braquée sur ce pays comme celle d'un naturaliste sur le vieux tronc pourri qui abrite un essaim d'abeilles sauvages ou bien, dans un local quelconque, comme celle d'un laborantin l'œil vissé au microscope sur quelque mortel bouillon de culture. Que leur importe le globe terrestre ? La vastitude n'est pas une question de dimension relative. Je n'aurai jamais le temps de tout savoir sur ce quart de département, sur ce morceau de ciel, sur ces vents divers. Tenez, il y a des événements qui ne se produisent qu'une seule fois par an. Je parle de ces guêpiers d'Europe ou de ces rolliers qui nichent sur les fonds envasés du Lauzon, en bas, sous Ganagobie. On ne peut les surprendre, visibles à moins de dix mètres, que si l'on est à l'abri dans une voiture ; comme si ces oiseaux avaient appris qu'au volant de cet engin, épouvantable pourtant et capable de vous réduire en bouillie, votre ennemi, l'être humain, est impuissant contre les oiseaux.

Il suffit de ralentir pour qu'aussitôt ces guêpiers, qui jusque-là ornaient, épars, les fils du téléphone, s'égaillent et disparaissent sans laisser de trace. Leur beauté bleue, jaune, aux caroncules rouges et transparente en vol comme aile de libellule, cette beauté ne peut être fugitivement captée que par un ornithologue passionnel. Il faut que celui-ci soit capable de passer la nuit et de s'installer sous un bosquet de coudriers au bord du Lauzon, en demeurant immobile comme un soliveau. Alors arrive midi le torride et, sûrs d'être seuls, une centaine de guêpiers d'Europe peuplent les lieux en silence, en gloussements amicaux, s'ébattent, réfléchissent, sèchent leurs ailes en grillage, lesquelles ne deviennent bleues qu'une fois refermées. Alors, une fois l'an autour du 30 juillet, vers deux heures après midi, ces oiseaux qui aiment le ciel en fusion s'élèvent jusqu'au Revest-Saint-Martin jusqu'à mes sept cents mètres. J'en suis averti par leur cri discret (je ne saurai jamais comment l'on nomme le cri du guêpier d'Europe). Ils sont là, à soixante-dix mètres, comme les appoggiatures d'une portée musicale, sur les fils électriques. Mais si je fais mine d'approcher de la fenêtre, c'est la dispersion, c'est la panique. Parfois un imprudent attardé me fait durant une seconde le cadeau de ses éblouissantes couleurs. Puis c'est fini. C'est fini pour une année entière ! Voulez-vous, après cela, avoir le temps de connaître le reste du monde ? Moi, je ne veux parler que d'un pays où dominent Lure et la Tête de l'Estrop. Lure à perte de pas où le cheminement du randonneur croit toujours espérer un sommet qui se dérobe à travers les chênes, puis les hêtres. Je ne veux parler que de l'entassement géométrique des nuées qui s'amoncellent sur les Fraches contemplées depuis la sortie du Revest-du-Bion. Les Fraches, c'est le lieu magique qui domine la sèche vallée du Jabron, où Giono vit poindre pour la première fois le plumet d'un hussard invulnérable qui chevauche pour toujours son cheval noir. C'est sur ce faîte, un jour d'été, que nous cheminions à trois heures de l'après-midi par trente-huit degrés à l'ombre. Autour de nous, les guêpes assoiffées nous assiégeaient pour boire notre sueur.

Nous avions été obligés de leur emplir des boîtes à sardines avec l'eau de nos gourdes pour les éloigner un peu. Tandis que nous suffoquions, un prêtre de mes amis, que dévore la passion géologique, fut abordé par un autre randonneur, lequel lui apportait benoîtement une pierre quelconque qu'il venait de ramasser. L'œil du géologue est impitoyable. L'abbé, qui reposait sous l'ombre d'un hêtre, se redressa en brandissant le caillou comme si on l'avait piqué. « Ne me dites pas, proféra-t-il d'un air sévère, que vous avez trouvé ça ici ! C'est du hauterivien ! Or le hauterivien n'affleure qu'au sommet de Lure. Ici, il ne peut s'agir que du barrémien. » Ainsi tancé, le randonneur, l'oreille basse, se retira sous une autre ombre sans piper mot. Nous venions, lui et nous, de recevoir notre première leçon de géologie.

Voilà à quoi s'appliquent les hommes de mon pays au lieu de parler politique... Pour ma part je ne me lasse pas d'écrire des romans où je suis captivé par cette évolution géologique. La jeunesse de la terre croît et se transforme sous nos yeux en ce pays bas-alpin. Jeunesse de la terre si l'on songe que les deux chaînes montagnardes qui sont en train de se battre en dessous de nous, dans une lutte acharnée pour le pouvoir, n'ont guère, l'une, les Pyrénées, que 30 millions d'années, et l'autre, les Alpes, que 15 millions du même temps. On ne sait pas si cet âge correspond à celui de deux enfants à peine sachant marcher ou à celui de deux adolescents à peine pubères. L'éternité ne nous a pas fourni d'échelle permettant de la mesurer d'un bout à l'autre. Ces deux boursouflures de l'écorce terrestre, on les touche ici physiquement aux clues de Barles, sur le Bès, un torrent sans importance. Ici les stries des convulsions du globe sont visibles comme les cordes d'une lyre, quelquefois épaisses d'un seul travers de main, serrées les unes contre les autres en un entassement de livres rangés sur les rayons d'une bibliothèque. Le temps a obtenu ces rubans gracieux qui coulent le long de la falaise, s'incurvent, apparemment flexibles et souples, sous le lit du torrent pour resurgir en face, ployées sur quelque genou gigantesque afin de repartir à l'assaut de l'autre falaise. Et l'on sent — on sent très bien — que cette flexion sur un genou gigantesque n'a pas été : elle est en ce moment même, elle se poursuit sous nos yeux, témoin de l'énergie qui l'opprime. Est-il plus belle symphonie que ces deux chaînes de montagnes arc-boutées l'une contre l'autre, puis éclatant l'une dans l'autre en un silence tonitruant parce que l'oreille humaine n'est pas faite pour capter une déflagration qui s'étend sur des millions d'années ?

Voici de quelle matière sont extraits les livres que j'écris : des arbres quadricentenaires qui huchent sur le plateau d'Albion comme des fantômes aux bras levés. Ils ne sont plus que cinq, sur vingt qu'ils étaient au début du siècle. Voici le creuset de mes mystères : le col des Garcinets et ses robines noires, jonchées de menus poignards de pierre qui ressemblent à des brindilles de bois ; voici les sources du Coulomp, près d'Annot, que l'on ne peut plus atteindre, le sentier s'étant effondré. Ce sont des sources fossiles. Par temps de grande sécheresse, quand le moindre torrent, la plus grosse rivière, ne sont plus chez nous qu'un lit de pierres surchauffées, le Coulomp laisse glisser sur ses galets plus d'un mètre d'épaisseur d'eau claire. Voici Sisteron et sa citadelle, devant laquelle on songe à l'Acropole d'Athènes quand l'écrase le soleil funèbre de midi au mois d'août ; voici le cimetière de Chardavon, qui a la taille d'une chapelle rogatoire ; voici le pont de la Reine-Jeanne, dentelle de pierre qui ne conduit plus nulle part.

Ma Provence à moi est une grande dame tragique aux voiles mouchetés de drames et de comédies. Le deuil lui convient. La lavande bleue elle-même devient élégiaque quand le soir tombe. Cézanne s'est cassé les dents en soixante toiles contre la Sainte-Victoire. Il n'a jamais pu empêcher qu'on entende le triste vent souffler à travers les pins parasols de sa Campanie particulière. Van Gogh a transformé notre lumière insaisissable en des galaxies spirales pour marquer la limite de sa perception aiguë du monde provençal. Celui qui a parlé de la Provence sans avoir en tête ce mystère inscrit comme un palimpseste sur son éternité, même s'il l'a parée de gaieté légère, de chants de cigales et de personnages nonchalants à l'accent étrange qui sirotent une boisson à l'anis étoilé ; même s'il a célébré ses parfums et ses charmes ; même s'il l'a ponctuée de cyprès funèbres obombrant des tombes scintillantes en quelque cimetière terrestre ou maritime ; celui-là n'a fait qu'effleurer la Provence. C'est un pays où pénétrer sur la pointe des pieds. Selon que vous vous affirmerez puissant ou misérable, il vous accueillera en conquérant suspect ou en connaisseur éclairé.

La Mane céleste

Une secrète amitié me lie à ce village maintenant tranquille et dont on a peine à croire qu'il fut jadis et naguère affronté de manière inéluctable contre son voisin distant de deux kilomètres : Forcalquier.

J'ai dit et répété mon émotion, lorsqu'on arrive en ce pays par la route d'Apt et qu'il se révèle dès le dernier virage d'Ardène, offert comme un coup de théâtre aux yeux des moins romantiques des visiteurs. Qui ne s'est écrié devant Lure et la Roche-Amère flanquant ce tableau comme un cadre : « C'est ici qu'il faut vivre et mourir ! »

J'ai reçu suffisamment de témoignages pour vous affirmer la commotion que tout le monde éprouve en présence du somptueux équilibre, de ces deux cirques imbriqués l'un dans l'autre : Mane au premier plan et Forcalquier ensuite comme en soutien, comme un grand frère en beauté.

C'est que nulle part ailleurs la terre ne se modèle avec autant d'exactitude suivant le rythme souverain de la raison ; c'est la paix soudain matérialisée, soudain palpable. Tous ceux qui savent ce que parler veut dire me pardonneront d'affirmer qu'une telle révélation, rare parmi le monde, finit par promettre la mort facile, tant cet équilibre raisonnable où nous baignons, empreint l'atmosphère d'une douce résignation ; tous les siècles qui partout ailleurs coulent si vite, ici semblent s'être arrêtés et ne porter plus de menaces.

Fontaines, ruines, caves détruites sur des secrets vinicoles, gare désaffectée à laquelle nul ne toucha plus et où la lampisterie respire encore le pétrole ; philosophie nonchalante des habitants qui regardent vivre la route tonitruante : cette rangée double de platanes sur un kilomètre, qui doit être (s'il y en a d'autres, qu'elles se lèvent !) désormais unique en France et qui fait grincer des dents aux bâtisseurs d'avenir ; c'est tout cela Mane. Plus l'austère énigmatique Salagon solidement arrimé sur un socle de prés ondulants, blond naturel comme femme benoîte. Et alors, en face, Sauvan !

Ni Salagon ni Sauvan n'ont voulu afficher des noms dont on se souvînt. Ce sont de simples vocables, banals, sans ostentation et seules leurs murailles attestent de grandeur.

Je parlerai peu de Salagon, crainte de me faire taper sur les doigts par les spécialistes, mais Sauvan... Je n'en ai pas fini avec « cette immense remise ouverte à tous les vents qui servira de bâtiment agricole ». Précisément : on peut ainsi la meubler de tous les fantômes. Et, c'est ce qui se passait dans la tête de Michel-François de Forbin, brigadier des armées du roi, qui m'intéresse, tandis qu'il dépensait sa fortune à bâtir ce hangar agricole. Les nobles à cette époque étaient couverts de dettes et de procès. En 1720, ils relevaient à peine d'avoir dû apporter leur vaisselle d'or aux pieds de Louis XIV pour couvrir les frais de ses guerres ruineuses. La question que je me pose et à laquelle j'ai le droit de répondre par un roman est la suivante : « Pourquoi ce bretteur a-t-il fait construire cette merveille qu'il voulait somptueuse, si loin d'une cour où il pouvait avoir toutes ses aises ? » Il ne s'est pas alors construit beaucoup plus de châteaux en Provence qu'en Espagne et au demeurant, devant la beauté du site, j'ai bien le droit de rêver et je ne vais pas m'en priver !

J'ai dit « une secrète amitié ». Si mon grand-père Brunel était originaire de Cruis, ma grand-mère Brunel, née Marie Priape, était née à Pitaugier, territoire de Mane, en 1854. Oh n'allez pas croire qu'elle était propriétaire ! Son père et sa mère étaient journaliers, se louant en saison d'une ferme à l'autre, soit pour les semailles, soit pour les moissons, soit pour les vendanges. L'hiver ils s'accoisaient en quelque taudis prêté par la charité publique. Ma grand-mère Marie dut naître à Pitaugier en quelque remise jouxtant la bergerie (car ils étaient nombreux à cette époque ceux qui naissaient comme le Christ) et le bon air et la robuste constitution aidant, elle survécut. Elle eut neuf filles, ma mère, la dernière, née en 1900. Elle vécut longtemps à Mane avec son mari qui reconnut toutes ses filles mais n'épousa ma grand-mère qu'à partir de la sixième.

Pendant vingt ans, d'un métayage qu'elle avait loué, ma grand-mère vint vendre les produits de la ferme à Manosque, depuis Mane, sur une carriole à baudet en passant le col de la Mort-d'Imbert. Vingt ans ! Tous les gens de Mane aujourd'hui gisants en ce cimetière aux somptueux cyprès ont dû la tutoyer de près ou de loin la Marie Brunel. Elle enterra trois filles au pied de ces beaux cyprès puis émigra à Manosque.

Elle est morte alors que j'avais quinze ans. J'ai été stupide très longtemps et à quinze ans, ou avant, je ne voyais pas l'utilité de consulter ce dictionnaire vivant qu'était ma grand-mère, sinon j'en aurais su bien plus sur Mane et ses mystères que ceux qui n'ont à leur disposition que de froids registres officiels. Elle pouvait être pour moi la chair du pays. Dédaigneux et stupide je suis passé à côté de cette mémoire. Et je n'ai aucune excuse car on me disait intelligent.

Nous devons savoir gré à tous ceux qui ont arraché Salagon à sa vocation de remise agricole et Sauvan aux laideurs des ajouts incongrus. J'ai pleuré devant la pièce d'eau aveugle et vide, il y a trente ans ; je ris aujourd'hui de la voir pleine à ras bords et toute pimpante où croisent des caravelles de cygnes certains de leur beauté.

Mane est un écrin pour tant de joyaux.

Un photographe du passé

Emmanuel Breteau est l'un de ces garçons qui rêvent leur vie. Il a commencé par s'établir dans le plus beau pays du monde : le Trièves. Je n'ai pas peur de le dire car il faut quand même avoir une certaine qualité d'âme pour vivre ici, et il est bien peu probable que ce lieu attire un jour autant de monde que le Luberon.

Il a choisi aussi la difficulté : faire aujourd'hui de la photo en blanc et noir c'est s'aliéner tous ceux qui ont besoin que l'on imagine à leur place en les réjouissant de clichés aussi proches que possible d'une réalité toujours fuyante.

En prenant ainsi parti délibérément pour la difficulté, Emmanuel annonce ses intentions : se démarquer autant que possible des modes et des passades. Tous ceux qui l'aiment lui sauront gré de cette austérité souriante. Je m'explique pour cette contradiction : la joie et la beauté n'ont besoin pour être transmises que des yeux de l'artiste, et le noir et blanc resplendit autant de lumière et de fraîcheur que tous les Eastmancolor du monde. Et l'élite qui le préfère s'étend de plus en plus loin dans les couches de la population. Il faut du génie pour réussir une photo en noir et blanc, il ne faut que du talent pour traduire le monde en couleurs.

Emmanuel Breteau a aussi choisi la difficulté en voulant nous montrer la transhumance. Il existe beaucoup de livres et de photos sur la transhumance tant est grande la nostalgie de l'homme pour le monde bucolique de Virgile. Mais Breteau nous montre, lui, une transhumance fraternelle et je pense qu'il a illustré, par surcroît, le travail de ses compagnons. Le but étant d'abord de partager leur vie et de comprendre quelle est la philosophie qui amena ces hommes à élire — car il ne peut s'agir que d'un choix —, parmi tant de voies possibles, celle de ce métier, un des plus anciens de l'humanité, l'un de ceux aussi qui font vivre le plus près de la nature et donc de vérifier qu'il s'agit bien là d'une marâtre.

La déambulation tragique qui conduit au printemps les troupeaux de Provence de la plaine vers la montagne et celle, plus lugubre encore qui les ramène en fin octobre de la montagne vers la plaine nécessitent de la part de ceux qui les guident une philosophie à toute épreuve et une joie intérieure intense, irradiante.

Ceux qui aujourd'hui pratiquent encore ce métier font la nique à tous les modernismes. Ils se contentent de peu. Ils se sont aperçus qu'à partir du moment où l'on pratique une activité qui contraint à se colleter avec la nature brute, tous les hommes vous fichent la paix. Les plus plastronneurs capitaines du monde courbent l'échine sous la pluie, ou ils la fuient honteusement ou ils s'abritent contre elle sous de ridicules champignons en coutil. Et alors ils refusent d'être photographiés ainsi et s'il s'y ajoute la boue sur les souliers vernis, alors c'est la pitié qu'ils inspirent. Personne n'est avantageux sous la pluie ni dans la boue.

Vous pouvez imaginer Alexandre le Grand sous la pluie ou Napoléon, ils y feront toujours triste figure. Les pâtres seuls y ont grande allure. Quand les gouttes suintent au bout de leur moustache, quand les derniers vestiges du mégot qu'ils ont allumé par bravade s'effilochent au bord de leurs lèvres, ils esquissent encore un sourire narquois.

Le reste du monde effarouché les contemple passer de derrière les croisées et les portes des devantures, avec des yeux horrifiés comme s'il fallait être fou pour exercer ce métier qui oblige à partager la misère du troupeau, encore est-ce une image car le troupeau lui, sous sa laine suintante et chaude, il s'en fout complètement de la pluie.

Sous la pluie souveraine s'avancent le troupeau et les pâtres. Les labris les poils dans les yeux font l'incessant va-et-vient qui est leur vie, sans lequel ils s'ennuieraient. Le labri aux bonnes pattes. Est-ce un labri d'ailleurs ? Je n'en sais rien. J'ai entendu crier ce mot au bord d'un *scabot* et sous la pluie précisément lorsque j'avais dix ans. Depuis tous les chiens de troupeau sont pour moi des labris. Ils sont hirsutes, crottés, robustes, indifférents aux couleurs du ciel.

Mais, me dira-t-on, pourquoi parlez-vous toujours de pluie ? Il fait beau souvent, pendant la transhumance. Et regardez les bergers, n'ont-ils pas l'air gai ? Vous faites un transfert ce me semble entre les couleurs de votre âme et celle du troupeau en mouvement ?

Heureusement, pour les démentir, Breteau a su saisir sous une casquette étrécissant le front le regard d'un berger qui parle de pluie. Si ce n'est pas de celle d'hier c'est de celle d'antan. Ce regard est amer, plein de mépris défiant envers celui qui voit dans ce métier de bagnard une simple illustration des *Bucoliques* de Virgile. Ce berger, question d'apocalypse, en a vu de toutes les couleurs. Il ne m'étonnerait pas qu'il ait fui comme un capon quelque jour sous quelque orage, quand les nuages à ras de terre sont chargés d'éclairs et gonflés comme des outres et prêts à mettre bas ces coups de foudre foireux qui sont les plus méchants.

J'ai suivi à la trace quand j'avais quinze ans, dans la montagne de Lure un berger qui cinglait vers l'une de ces cabanes de pierre où l'on se glisse à plat ventre et où l'on reste coi en attendant la fin, soit de la *chavanne*[1], soit de sa vie. Il avait laissé en route d'abord son fouet au manche clouté puis son Opinel, jeté entre deux pierres, puis chacune de ses chaussures ferrées retirées à la hâte. Et moi, comme un imbécile et voulant rendre service, je ramassais derrière lui chaque objet avec l'intention de les lui apporter à la cabane. Il se retourna. Il me vit. Le premier coup de foudre était en train de faire sonner les pierres, de sorte que je n'entendis pas les paroles horribles que devait proférer à mon encontre ce berger à la bouche grande ouverte. Mais son index me maudissant suffisait à tout dire.

L'homme ne pouvait pas me fouetter, c'est moi qui portais l'instrument du supplice, il ne pouvait pas me distribuer des coups de pied au

1. Pluie battante.

cul, j'avais ses chaussures autour du cou liées par un *couregeon*, il ne pouvait pas me saigner, son Opinel était au fond de ma poche, mais il pouvait m'abreuver d'imprécations inaudibles car les coups de tonnerre s'enfilaient les uns aux autres et nulle voix ne pouvait les couvrir.

À seize ans, mourir foudroyé était l'une de mes ambitions. Je venais de lire *Que ma joie demeure* et mourir comme Giono fait mourir Boby (« la foudre lui planta un arbre d'or entre les épaules ») me paraissait le comble du bonheur.

Mais le berger qui avait femme et enfants n'avait pas pour l'éclair cet amour immodéré et savait d'autre part qu'on ne tire pas l'épée contre le tonnerre de Dieu. La fuite, la fuite seule, lui paraissait raisonnable. Encore ne suffisait-elle pas, il fallait aussi se débarrasser de tout ce qui était en fer : chaussures ferrées, fouet clouté, Opinel. Et moi qui croyant qu'il les perdait à mesure dans sa panique les lui rapportais au pied comme un chien fidèle !

Ce jour-là le tonnerre de Dieu me dédaigna tel un menu fretin. Sur ces étendues où de fois à autre un hêtre qui paraît démesuré se dresse comme un défi devant le ciel noir, la foudre ricoche brutalement sur les pierres plates comme lancée par un gamin vindicatif. Elle fuse et miaule autour des troupeaux qui font la tortue romaine, compacts, en cercle, tête contre queue, connaissant l'ennemi depuis bien plus longtemps que les pasteurs.

Sous la minuscule couverture en lauzes de cette cabane toute en pierres bien jointoyées, ils étaient déjà trois pâtres à faire les yeux ronds devant moi debout, rutilant de pluie et les bras chargés de ces dépouilles opimes : godillots, Opinel et fouet, et qui les regardais avec un bon sourire de crétin.

Ce berger plus tard en rit longtemps avec les bergers ses compères. Je lui rendis visite à l'hôpital de Forcalquier où il mourut fort vieux avec un pied en moins qu'il avait perdu précisément carbonisé un jour d'orage.

C'est de lui que je connais la transhumance. C'était autrefois quand le public n'avait pas encore d'indulgence pour le pittoresque parce que tout le monde l'était. Il me parlait de l'hostilité des propriétaires veillant fusil au pied sur les plantations tendres qui attiraient les troupeaux, des longues transactions avec les paysans pour quelque dégât qu'on aurait pu causer, et si je parle de pluie c'est parce que cet homme qui parcourait deux fois par an, de Moulières au Lauzanier, le lit de la Durance puis de l'Ubaye puis de l'Ubayette, il semblait que son souvenir n'était que de pluie, il semblait que la symphonie de sa vie n'eût jamais été orchestrée que sur le tempo de la pluie. Son visage n'était jamais tendre, il y avait gardé toute la défiance de l'homme envers les coups bas de la nature. Même dans cette chambre d'hospice, quarante ans après, il se croyait encore sous la pluie.

En voyant les photos d'Emmanuel Breteau, de grands pans de mon enfance se dressent devant moi immédiatement. Les photos n'ont pas d'odeur et cependant c'est à mon sens olfactif que leur découverte en appelle aussitôt.

À Manosque dans les années 1925-1930 on ne concevait les moutons qu'à partir de dix mille têtes et le troupeau s'appelait le *scabot.* Ou alors, il s'agissait de celui de fermiers voisins qui n'allaient pas à l'estive car plaines et collines avaient de quoi nourrir ces quelques centaines de bêtes qui portaient comme nom commun l'*ave.* J'ai essayé en vain, depuis toujours, de savoir ce que signifiait ce mot, c'est-à-dire que je l'ai demandé à mes grands-parents, à mes parents, à mes oncles, à mes tantes et n'ai jamais obtenu que des réponses évasives.

Nous avions une avenue qui amenait du nord-est tout ce qui descendait de la montagne. Le *scabot* en faisait partie. Je constate avec étonnement que le mot s'est perdu, peut-être comme la chose elle-même.

C'étaient les troupeaux qui avaient fait leur jonction à Veynes, à la Roche-des-Arnauds, à Pont-de-Chabestan pour ceux qui venaient du Champsaur ou du Devoluy et pour ceux qui venaient du Queyras et de l'Ubaye, à Savines au pied des gorges qui n'existent plus puisque le lac de Serre-Ponçon les a unifiées sous sa surface tranquille.

J'ai dit sens olfactif parce que dans la laine de toutes ces brebis l'air des montagnes avait empreint chacune d'un parfum de terroir. Les éboulis, les précipices, les prairies à gentiane, le ciel des nuits particulières qui avaient régné sur chaque alpage, tout cela était à plein nez pour l'imagination d'un enfant qui rêvait de la montagne pour ne l'avoir jamais vue. Je me mettais à genoux dans les orties au bord du *scabot* déferlant, je fermais les yeux et la montagne par ses parfums dans la toison des bêtes défilait devant moi promettant tout ce qui me manquait.

Le vent qui n'était pas le mistral car il soufflait plein nord s'appelait la *montagnière* et ce vocable lui conférait dans ma tête une dimension formidable. Je le voyais chargé de toutes les catastrophes naturelles dont je rêvais, de tous les orages, de toutes les érosions qui se poursuivraient au-delà de ma vie. Il précédait de son souffle le *scabot* pressé entre les platanes et qui n'avait pour tout ordre que la largeur de la route encadrée de fossés et de ruisseaux d'arrosage.

C'étaient les éléments qui les avaient chassés hors les alpages malgré les objurgations de leurs propriétaires, autrefois par lettre, hier par téléphone.

— Reste tant que tu pourras ! Tâche moyen de faire durer jusqu'au 20 octobre ! Ici, en Crau, il n'est pas encore tombé une goutte d'eau ! L'herbe est rare comme en août ! Tâche moyen !

Seulement tout d'un coup, une nuit, à deux mille mètres d'altitude, la neige s'était mise à tomber sur les moutons blancs, sur les ânes, les *pastres*, le bayle. En catastrophe on avait calé les tardons dans la carriole bâchée, sur les cacolets des ânes et le reste dans les havresacs à dos d'homme. Tout ça bêlant, braillant ; les échos de la montagne se renvoyant les imprécations des hommes. La neige, puis la pluie : le *scabot* jadis si blanc se transformant en une innommable serpillière sale. C'était ce déversement qu'un beau soir nous recevions *sous la Plaine*, c'est-à-dire sur la partie ignoble, dans le vrai sens du mot de notre plus beau boulevard séparé en deux par un escalier à double volée : le haut réservé aux maisons huppées aux portes brillantes de cuivres astiqués, le bas plus paysan, avec des écuries, des greniers à foin et quelques commerçants : une boulangerie, une épicerie. Toutefois la partie basse se voulait aussi huppée que celle du haut.

Quand le *scabot* arrivait, il noyait les prétentions du bas boulevard à ressembler au supérieur. Immédiatement, la promiscuité moutonnière sous la pluie transformait en gadoue aggravée de feuilles mortes notre asphalte mal entretenu.

L'odeur puissante du *scabot* en mouvement avait averti les voisines aux frémissantes narines bien avant qu'il soit visible.

— Les voilà !

C'était un cri de panique. Aussitôt, on se ruait sur les pots vernissés de vert des aspidistras chéris. Des perrons aux escaliers usés qui enorgueillissaient les maisons, on enlevait les géraniums, les pétunias, les chamærops, quelquefois, car ce déploiement de fleurs et de plantes vertes était aux couleurs de notre espérance.

Le *scabot* importun menaçait cette belle ordonnance des choses et la soupe à la grimace accueillait plus souvent que le sourire les pâtres au regard noir qui nous faisaient les yeux de la paix.

Mais ils étaient pacifiques en vain. On craignait tout. Tant bien que mal on barricadait la porte de l'écurie dans la crainte vaine que les moutons envahissants ne viennent ravager le peu de foin qu'on réservait pour l'hiver à la chèvre de la famille.

Ce n'étaient que mines rébarbatives et rechignées. On était loin des rencontres provençales pour livres d'images. Les hommes noirs, le *bayle* qui était le chef et les bergers se faisaient le plus petits possible pour ne pas déranger les gens. On était déshonorés à cause de ce troupeau qui nous forçait à vivre les deux pieds dans la gadoue et nous privait de pouvoir ressembler à des Marseillais, ce qui était notre plus cher désir, lesquels Marseillais, d'ailleurs, n'avaient pas besoin de *scabot* pour nous considérer comme des demeurés.

La pitié n'était pas notre fort. Et pourtant nous recevions ces pâtres et ces moutons sous les platanes en pleine Berezina. C'étaient les conditions extrêmes qui les avaient poussés hors les alpages, en catastrophe, en une retraite commencée sous la neige, poursuivie sous la pluie avec les tardons dont seule la tête dépassait des havresacs qui contenaient vingt-cinq kilos de chair vivante et bêlant après la mère.

Tout ce monde arrivait à Manosque vers le 20 octobre par pluie battante et feuilles de platanes froissées dans l'air, dont parfois les toisons des bêtes étaient constellées. L'œil bleu des béliers (un regard inaccessible, indifférent, tourné vers les étoiles) ne nous considérait même pas. Pour eux, depuis l'éternité, nous étions le tortionnaire obligé par qui souffrait leur peuple. Et eux savaient que les choses ne changeraient jamais, que nous aurions toujours besoin d'agneaux pour satisfaire à la fois notre faim et notre appétit hypocrite d'innocence mystique.

Pour moi, l'arrivée des moutons sous la plaine me remplissait toujours d'une jubilation interne que je ne faisais partager à personne car je me méfiais des pragmatiques, ceux qui ne voyaient en l'automne que salissure de moutons et pluie importune. J'aspirais la saison par tous mes sens.

Il y avait d'un côté le *scabot*, sous les platanes, compact à ne pouvoir le traverser, dos contre dos, laine contre laine ; il donnait l'impression qu'on aurait pu le dépasser jusqu'aux escaliers de la Plaine en marchant sur cet océan de moutons.

Et de l'autre, ah, de l'autre ! Côté lavoir des Bohémiens, avec la gueule dégoulinante de braises de leur large foyer sous le cubicule : les alambics !

Jamais impression si profonde ne m'a habité durant ma vie que ce boulevard couvert de platanes où le vent d'automne racontait ses histoires. J'avais trois ans, quatre ans, cinq ans... jamais je n'avais entendu le mot poésie ni ne savais ce que c'était qu'un poète.

J'ai écrit : « Je ne vivrai plus que sur ces souvenirs, sur cet acquis. »

Personne, s'il ne l'a pas humée, ne peut se représenter olfactivement l'odeur conjuguée de ces trois éléments que je recevais en pleine figure sitôt que je mettais le nez dehors : le suint du *scabot*, le parfum de l'alcool à quatre-vingt-quinze degrés qui sortait des alambics, celui de pourriture qu'exhalaient les cornues pleines de *raque*. C'était le résidu exsangue du moût après le passage dans les cucurbites. Ces trois sources de mon ravissement étaient englouties par l'abominable puanteur du charbon de Gaude. La moitié de Manosque brûlait dans ses fourneaux le schiste bitumeux qui se consumait avec des flammèches couleur de soufre car on en délivrait des tombereaux entiers aux paysans de Manosque, où les galeries de la mine avaient crevé les puits et les siphons des sources profondes. À partir du 15 octobre s'installait autour de notre clocher, telle une auréole, une lourde nappe de bruine couleur d'huître cuite qui stagnait là à vingt mètres du sol et qui retenait sous elle tous les parfums que j'ai dits jusqu'au prochain mistral, lequel parfois tardait à la dissiper.

Alors tous les soirs en dépit du froid j'allais faire amitié avec toutes ces fragrances. Souvent il pleuvait. Au loin autour du lavoir des Bohémiens, les trois alambics offraient à la nuit leurs foyers béants où l'on engouffrait des troncs de pins entiers. Ceux-ci explosaient bruyamment, figurant parmi leurs flammes et leurs braises des danses infernales où se tordaient les tisons comme des damnés éternels. Les alambics étaient protégés du vent par des toiles de tente que de grosses pierres arrimaient au sol.

Je regardais par les fentes de ces toiles. Jamais je n'avais vu briller de telle sorte les feux chez mes grands-parents qui fermaient jalousement la porte du foyer de la cuisinière pour économiser ce fameux charbon de Gaude. Celui des alambics était nourri de troncs de pins gros comme des tuyaux de poêle.

Le peuple mort de Manosque a assis ses fondements pendant des siècles sur les bancs d'école de ces alambics (on avait pris des bancs d'école désaffectés parce que, à cause des dossiers, ils étaient plus confortables !). Je n'ai même pas besoin de fermer les yeux : je vois des générations de Manosquins, à odeurs et intonations diverses, que je puis identifier un à un dans ma mémoire avec leur accent exact, le volume de leur voix, la manière dont ils se balançaient.

Les hommes avaient plus de pitié que les femmes (ce n'étaient pas eux qui nettoyaient les marches de l'escalier de toutes les *pètes de mémé* que les chaussures mal essuyées transportaient avec elles). Les hommes donc hélaient de loin les bergers perdus sous la pluie au seuil des maisons fermées.

— Oh les *pastrés* ! Venez boire la goutte !

On leur faisait place sur les bancs d'école. Et même on leur tendait le quart culotté de la guerre de 14 où l'on *tastait* l'eau-de-vie de l'année.

Le troupeau au loin remuait doucement ses campanes dans son sommeil trempé ; les ânes embossés parmi les brebis avaient de tristes oreilles fanées qui se cassaient par le milieu, de déplaisir. J'étais serré entre les cent cinq kilos de mon grand-père et un bayle de la Crau qui sentait la pierre à fusil à force d'avoir fréquenté les éboulis de la montagne du Lauzanier où abondaient les silex.

Le vent d'octobre rendait égaux les hommes, les odeurs, les parfums (je n'ai jamais bu d'eau-de-vie mais le fumet des alambics qui jouait avec celui du *scabot* à qui dominerait l'autre suffira à me rendre ivre jusqu'au dernier de mes jours). Le vent d'octobre nous menaçait, soufflait, faisait claquer dans l'air obscur des étendards pour fantôme. Là-bas, chez l'Henri Gardon, le premier boudin de Mane venait d'arriver, chaud encore. Il envoyait un signal olfactif s'enrouler autour des crochets où on le suspendait. Il fumait.

Le clocher sonnait sept heures avec cette certitude d'expliquer le temps dont il enveloppait Manosque. Le charbon de Gaude dans les foyers empestait tant qu'il pouvait le soufre, en cette odeur d'œuf pourri que je regrette tant. Le clapotement du *scabot* semblable au barattement de la mer ensemençait mon imagination. Dans la nuit à peine trouée de quelques becs électriques, je n'avais pas besoin de fermer les yeux pour me sentir rassuré par ce que je croyais être l'éternité. J'étais heureux.

L'arbre de la douleur

Je me souviens de notre tristesse, à ma femme et à moi, certain jour de ce printemps 1956 où le froid de février avait détruit les oliveraies par toute la vallée de l'Asse. Depuis longtemps l'olivier était mal considéré par la paysannerie provençale. Il produisait peu (une année sur deux), occupait une place considérable qu'on aurait pu utiliser plus lucrativement. Aussi 1956 fut-elle une année faste aux yeux des agriculteurs eux-mêmes. Les talus des routes étaient jonchés de cadavres d'arbres déracinés qui formaient des tas allant jusqu'à quatre mètres de hauteur et, quand nous passâmes en ce printemps, vers la mi-mai, les *mattes* de ces oliviers, c'est-à-dire l'énorme éponge solide et odorante, chatoyante si on la sectionne comme une bille de buis, ces *mattes* donc appelaient le secours du ciel par leurs milliers de jeunes pousses vertes qui ne demandaient qu'à perpétuer l'espérance jusqu'au prochain centenaire où, de nouveau, l'infrastructure de l'arbre gèlerait à son tour. Il fallait se détourner honteusement de cet appel au secours. 1956 fut l'holocauste de l'olivier. Il n'en survécut, en apparence, que le tiers par toute la Provence. Pendant dix ans, le mot huile d'olive disparut des tables provençales, ou bien alors elle venait d'Algérie, de Tunisie ou du Maroc. Elle avait, pour nous, un goût exotique, riche, gras, qui n'évoquait pas la pauvreté de nos terroirs. Or, c'est l'évocation de cette pauvreté que nous exigeons de l'huile lorsque, sous la lampe, les soirs d'hiver, nous dessinons un huit parcimonieux au-dessus de notre assiette de soupe ou que l'été nous la répandons — oh ! goutte à goutte ! — au-dessus de nos farcis avant de les enfourner.

Mes relations personnelles avec l'olivier datent de 1961. L'oncle Désiré venait de mourir, léguant à mon père au flanc du coteau de Sainte-Roustagne un verger abandonné qualifié de lande sur l'acte notarial. Mon épouse et moi nous allions voir ce lieu inutile où les genêts en liberté montaient jusqu'à quatre mètres de hauteur. Les amoureux et les sangliers avaient creusé sous ces branches des bauges et des sentiers où il faisait bon se musser. Un jour de mistral où le livre m'était tombé des mains, je m'endormis sous ces genêts, au tiède du chiendent moelleux. Je m'éveillai, m'étirai, mes doigts heurtèrent une protubérance dure dissimulée dans l'herbe. Je voulus arracher ce caillou importun. Il résista. J'écartai la broussaille. Ce n'était pas un caillou, c'était la bosse cent fois renouvelée d'une souche d'arbre immortel. Le tronc était scié au pied et sur la protubérance que je venais de heurter se dressait toute pimpante, toute verte, empreinte d'une vigueur de jeune déesse, une pousse d'olivier haute comme un enfant de cinq ans.

À genoux devant ce miracle comme devant un tabernacle, je criai :

— Lou ! Viens voir ! Un olivier !

... à voix basse, comme si je venais d'inventer un trésor.

Alors, à quatre pattes ou rampant, jusqu'à sept heures du soir, ma femme et moi, tout jubilants d'exclamations diverses, nous découvrîmes quarante oliviers hérissés de baliveaux hauts de cinquante centimètres à un mètre.

Le lendemain, armés de deux couteaux-scies et de notre salive pour les redémarrer lorsqu'ils coinçaient, et ensuite durant tous nos congés, obsédés, vaillants, n'ayant plus qu'un seul but dans la vie, nous avons débarrassé les quarante oliviers de ces genêts envahissants qu'on entassait en immenses feux de la Saint-Jean. Un engin suant l'huile par tous ses joints usés vint ensuite, puissant et redoutable, écrasant les ronces. Il enfonça ses griffes sous les souches de genêts, avec son rotor il les réduisit en poussière. Nous étions debout sur ce champ de ruines accompagnés de nos bébés oliviers qui disaient merci en chatoyant au soleil d'octobre. Jamais mieux que ce soir-là nous ne nous sommes endormis dans la satisfaction du devoir accompli.

Depuis, bien sûr, ce fut la douleur : j'ai « fait le rond » une fois, dix fois, autour de ces oliviers pour aérer les racines, avec la bêche, avec la pioche, extirpant des mères de chiendent qui pesaient trente kilos, inextricables, sans terre pour les nourrir et dans lesquelles la pioche s'enfonçait mollement et refusait d'en sortir. J'écris ceci à la seule adresse de ceux qui un jour, par orgueil, se donnèrent à ce travail qu'on ne peut exiger de personne. Eux seuls me comprendront.

Vinrent les récoltes joyeusement attendues, mais la récolte c'est décembre. Le temps a beau s'être retenu jusque-là et nous avoir offert le cadeau d'un automne interminable, celui-ci s'enfuit à la fin. Alors vient le moment des mottes d'argile collant sous les semelles et qu'on traîne en forçat d'un arbre à l'autre, le moment des mains gourdes égrenant entre leurs engelures les feuillages glacés. Là-bas, pourtant, sur Manosque, les douillettes fumées vous font signe, sous les auspices desquelles d'autres se chauffent en vous plaignant, vous, les cueilleurs d'olives. Ici, c'est le mistral aigre, les branches vindicatives furieuses d'être dépouillées de leurs fruits et qui essayent de vous éborgner en vous fustigeant.

Il m'est arrivé d'oliver tout seul, muni d'un seul panier, mes quarante oliviers chargés chacun de vingt kilos de fruits, parce que le temps était si hargneux que toute la maisonnée m'avait abandonné. Mais, quillé sur mon arbre, arrimé au chevalet vermoulu, je contemplais narquoisement, à travers les rameaux chargés de fruits noirs, la ville de Manosque où se brassaient tant d'affaires essentielles.

Les navrants événements d'un monde à perpétuité hostile ne pouvaient pas m'atteindre ici. Il faudrait beaucoup plus que leur misérable trame pour m'empêcher d'être heureux car, par le contact rébarbatif de cet olivier à l'amère senteur, c'était l'étreinte de l'éternité qui me tenait embrassé.

On en parlait un mois auparavant. Pour exorciser les intempéries on racontait, en cassant les amandes, les années où l'Estrop s'enneigeait le dix de novembre et où le mistral soufflait neuf jours autour des olivades. (Ah que c'était beau sur les arbres couleur argent ces branches courbes qui se retroussaient, révélant cette profusion de fruits !)

— Et l'année où la Pauline a eu les *brègues* fendues, peuchère ! À force de nous attendre à l'ombre ! On lui avait fait du feu mais à cinq ans, sans bouger, le froid vous brûle !

— Et l'an 29, tu te rappelles ? Que la marraine a eu l'orteil droit tout noir ! Qu'il a fallu lui en couper un bout !

— Oh celle-là ! Elle descendait jamais du *cavalet* qu'à la nuit close ! Elle ramassait à *devinoun devinaïre !*

— Ah c'étaient de braves bêtes en ce temps-là !

En ce temps-là... C'était une affaire de famille. On ne partait pas avant dix heures du matin, sauf les gros vergers qui louaient du monde, ceux-là commençaient à huit heures. Vous avez déjà vu des ramasseurs d'olives à huit heures du matin ? C'est indescriptible !

Donc, dix heures. On sortait des maisons chaudes un pied dehors, un pied dedans, à la furtive, en grommelant. Un méchant regard au ciel capricieux vous apprenait tout de suite si on allait souffrir ou se régaler. Le mistral claquait au-dessus des toits, doucement, avec des accents de drap mouillé. On secouait la main.

— *Aqui par riré !* Y va faire un brave vent !

Mais l'aïeul, homme d'âge et d'expérience, avait dit :

— *Per santa catérina*
l'oli es a l'oulivo !

Les brus trouvaient toujours qu'il était trop tôt, que l'olive peu mûre donnait moins d'huile. L'aïeul rétorquait :

— Oui mais elle est verte ! Mon pauvre père, tu lui aurais pas fait manger un aïoli jaune pour l'Empéri ! Il le lui fallait vert !

Enfin... on partait... Une *biasse* par famille, avec : de la florentine, du saucisson, du riz à la tomate et aux chipolatas, du pain de chez le Brun, de ce matin, encore chaud, trois tommes sèches à vous casser les dents dessus, une topette d'aïguarden avec six morceaux de sucre en cas de quelque chose. Pas de vin. Ce serait pour ce soir. Et d'ailleurs, le 25 novembre il finissait juste de bouillir, il aurait fallu se cramponner au *cavalet* pour le boire.

C'était toute une chamellerie provençale qui s'ébranlait huchant hors de Manosque, *biasse* en bandoulière, chacun ployant sous un *cavalet* comme sous une croix de chemin ; tous hérissés de sacs et de *banastons,* ayant enfilé trois vestes l'une sur l'autre et se plaignant et morigénant *lei drolès* que le froid faisait d'abord rire, les pauvres anges ! Jamais la montée des Manents n'avait tant mérité son nom.

Et soudain : *le bien.* Ce n'était pas l'olivette, ce n'était pas l'oliveraie, encore moins le verger que Dieu garde ! Un verger ça évoque des prunes, des poires, des abricots, des cerises, pas des olives. Ces mots sont venus d'en bas, de là-bas, d'ailleurs. Ici, c'était *le bien*, un point c'est tout.

On s'y ruait à la va-vite, presque les yeux fermés, comme on plonge dans l'eau froide. Là-bas, au-dessus du plateau de Valensole, le soleil se redressait, évaporant la rosée sur les feuilles et les queues des fruits qui allaient se détacher plus facilement car la nuit et le matin rétrécissaient tout l'arbre qui ne lâchait plus rien de lui qu'à regret.

Ceux qui crânaient chantaient *les magnanarelles,* les autres se taisaient, les dents serrées, les pieds recroquevillés, pétant de froid.

Les maîtres cueilleurs, ceux qui avaient *le biais,* s'emparaient des *cavalets* : il était rare que ceux-ci fussent neufs. Ils *craïnaient.* Il fallait bien les connaître, bien les apprivoiser, tantôt ne monter que d'un côté ou tantôt de l'autre, parfois en zigzag, un pied à gauche sur le barreau du bas, un pied à droite sur celui de dessus, rarement de face, franchement, au beau milieu car ils avaient connu trois générations d'*oulivaïres.* On les rafistolait avec de la ficelle, du fil de fer, de la courroie d'attelage. On faisait des manchons aux barreaux avec des tiges de bottes. Mais quand on était quillé là-haut, ne sachant plus où envoyer les mains tant il y avait abondance de fruits, tout le monde vous fichait une paix royale.

Tout le monde ? Il y a toujours eu des avares qui n'osent pas rabattre les gourmands d'altitude. Vous savez ces bois sarmenteux qui surgissent sur les maîtresses branches, rêvant de dépasser la hauteur de l'arbre et qui promettent là-haut au moins vingt fruits par brindille. Quand on ramasse, il en reste quatre, cinq, mais énormes, noirs, suintants d'huile, bons à déguster dès maintenant.

— *Da mé lou cro, dé boundisqué !*

Aquéou cro ! Il s'agissait d'un gourmand de cerisier prélevé sur un embranchement de taille et qui formait un crochet avec le morceau sectionné. Il servait à courber vers le ramasseur ces gourmands inaccessibles, là-haut, qui vous narguaient. On était toujours en train de le perdre, ce *cro.* Il était toujours sur un autre arbre, abscondu parmi le feuillage.

Aux invalides, aux peureux, à ceux qui craignaient le vertige, aux femmes enceintes, à tous ceux-là on concédait, soi-disant, le meilleur :

cueillir de son aise, debout, à faire le tour de l'olivier, bien droit sur ses deux pieds, le dos au soleil. Mais ce meilleur s'accompagnait du pire : il fallait faire les *brailles* ; des avortons de branches, étirés, anémiques, poussés dessous, à l'ombre du parasol glorieux de l'arbre taillé en pleureur qui les empêchait de recevoir la lumière. Là-dessus, des olives minables, petites, recroquevillées, *passides,* invisibles ! Mais quand on soulevait ces brindilles insignifiantes, on voyait ces fruits avortés par myriades, on en oubliait tant et plus, exprès, par rancœur car avec ça, quand on regardait le *banaston* au bout d'une demi-heure, il était toujours au même niveau ! Jamais deux heures de *débraillades* n'ont réussi à remplir un panier.

Mais l'aïeul avait dit :

— *Es aco qué faï l'oli ! Sensso aco, l'ôli a gis dé gous !*

Partant de là que faut-il dire de ces orantes bossues qui se traînent à genoux d'un arbre à l'autre ? Ce sont les aïeules, Seigneur ! Les aïeules qui ont toujours souffert en silence, lesquelles, pour cette raison, se sont alloué le méprisable, l'abject : *rabailler parmi les pètes de mémé,* les olives tombées à terre, qui ont glissé sous les mottes, qui ont échappé, là-haut, aux doigts des spécialistes. Ces aïeules font une neuvaine au pied de l'arbre et le chapelet qu'elles égrènent ce sont ces fruits, tantôt roses, tantôt marron, tantôt noirs qui feront verte l'huile de la famille.

Quand sur ce monde souffrant sonne midi au clocher du Soubeyran (on n'entend jamais celui de Saint-Sauveur qui est sous le vent), on déballe sans conviction les bonnes nourritures. On mange debout, autour d'un feu fumeux et symbolique car alimenté par des branches vertes ; on mange tout froid, glacé. Le riz a l'absence de goût qui le caractérise, la florentine a le goût du riz, sauf si elle est trop poivrée ; on mange avec le remords en travers du gosier car les solides, les trapus, les responsables, ne mangent pas, eux, ils se font porter sur le cavalet *un tros dé pan emmé un tros de saucissot.* Ils gardent ce viatique entre les dents tout en cueillant jusqu'à ce que la salive les oblige enfin à *mastéguer.*

C'était le moment où l'aïeul plein de bravade, si le soleil brillait, si le vent avait un peu faibli, se remontait la taillole et, vidant au sac son *banaston*, s'écriait :

— Quel est l'imbécile qui a écrit : « L'olivier est l'arbre de la douleur » ?

Il ne l'emportait pas en paradis car soudain du côté de Toutes-Aures, au-delà de Pierrevert, un rideau couleur vert-de-gris se mettait à bouillir devant le ciel. D'abord, il laissait au soleil couchant le loisir de revenir, de temps à autre, réchauffer le dos des cueilleurs d'olives, puis tout d'un coup il se fermait, pour tout le soir, pour toute la nuit.

Et alors c'était immédiat : ces olives qui jusque-là se laissaient cueillir gentiment, maintenant se resserraient, se cramponnaient, ne voulaient plus quitter l'arbre. Il fallait les détacher une à une et ces feuilles, tout à l'heure souples, charmantes à regarder, raidissaient, se transformaient en cimeterres, courbes, méchantes, entamant les phalanges. Le rendement faiblissait.

C'était le moment où l'on entendait un hurlement de douleur : le *drôlé* (un enfant de douze ans) avait bandé comme un arc la branche flexible qu'il *rabaillait*. Elle lui avait échappé, lui avait cinglé le visage. Le tranchant d'une feuille lui avait fustigé un œil. Il avait la main droite devant la figure et la gauche il la secouait à toute volée pour signifier l'intensité de la douleur. Allons... Il était temps de se *récamper*.

L'aïeul hochant la tête (de son temps on ramassait jusqu'à ce qu'on ne puisse plus distinguer une feuille d'une olive), l'aïeul donc donnait le signal du départ.

Avez-vous vu des *oulivaïres* se remiser jusque chez eux par un soir de grand vent, par un soir de grand froid ? On était furtifs et gelés. On avait des silhouettes funambulesques, bossues, à cause des sacs, des *banastons*, des *cavalets*.

Jamais ce peuple qu'on retrouverait pour Noël figé en figurines d'argile sur la mousse des crèches d'églises ; ce peuple ramoneur aux visages mâchurés (car ai-je parlé de la *pévouïne* ?) sous les mantilles que nous appelons des *pointes* (*dé pouncho*) ; jamais ce peuple n'avait été aussi près du Christ.

Mais demain, dans trois jours, quand au moulin du Jansselin, rue Saunerie, on regarderait suinter l'huile verte, goutte d'or après goutte d'or, au bord des scourtins, on saurait alors qu'on venait de faire le plus beau métier du monde.

N.B. : L'auteur n'a écrit ce qui précède qu'à l'intention de ceux qui ont olivé, ceux qui olivent, ceux qui oliveront. Aussi n'a-t-il pas pris la peine d'expliquer les termes de ce métier de seigneur. Tous les oliveurs du pays savent ce qu'oliver veut dire.

Trois branches d'amandier

Une amie bien intentionnée m'avait offert trois branches d'amandier où les corymbes de quelques bouquets de fleurs tremblaient pour ne plus sentir l'arbre au bout de leur perception fragile. Je dissimulai mon déplaisir devant ce massacre, ma pitié pour l'arbre mutilé. Je cherchai quelque récipient où tremper ces moignons et trouvai le péchier (la cruche) que mon père enfant allait remplir à la fontaine. Je le plaçai au coin de la croisée afin de faire envie à quelque peintre ami. L'été passa puis l'automne, et l'hiver vint. J'avais oublié les branches mortes, l'eau croupie, le péchier qui faisaient partie de mon horizon.

Mais la nature n'a pas de telles inadvertances. Le 20 janvier, à force de rayons du couchant sur l'argile vernie de vert, à force de mystérieuses transformations dans la trame de l'eau croupie, tel jour que je suçais mon crayon pour rédiger quelque péripétie, mes yeux aux sourcils froncés se portèrent sur les branches que je croyais mortes. J'y découvris nombre de protubérances à la pointe desquelles verdissait un minuscule triangle.

Deux jours et cette fascine de bois squelettique s'éclaira d'une profusion de fleurs rares où tremblaient les pistils avides couronnés de pollen. Mes fleurs d'amandier triomphaient hors du péchier et je n'avais plus aucun peintre pour éterniser mon enthousiasme. J'étais seul à pleurer de plaisir devant ce miracle.

J'ai porté jusqu'à la Badassière ces branches aux fleurs déjà fanées, où de fragiles racines avaient dardé durant tout l'hiver. Je les ai plantées parmi les pierres et l'humus. Si l'expansion humaine ne les a pas coupés au pied pour cause d'urbanisation, peut-être que les amandiers qui en sont nés voici cinquante ans y fleurissent encore.

Le néon

Le néon a tout détruit. Je veux dire qu'il a aboli le clair-obscur, les nuances, le secret. Les devantures de mon enfance étaient faites d'un tiers de convoitise et de deux tiers de mystère. Quand la pénombre n'y végétait pas en maître, c'était le soleil de deux heures après midi qui cuisait en une couleur unique, la sienne, tous les fondus des denrées exposées.

Chez madame Blanc, rue Torte (tout a disparu : le magasin, l'immeuble, la rue), la vitrine faisait un mètre cinquante de large. On ne l'avait jamais renouvelée, depuis mes deux ou trois ans jusqu'à la mort de madame Blanc où il a fallu appeler le menuisier pour croiser les contrevents ; la propriétaire avait hérité des lieux et ne les avait jamais plus fermés. Quand elle sortait, comme tous les commerçants, elle retirait simplement le bec-de-cane, de même le soir quand elle se calfeutrait dans l'arrière-boutique douillette et sans fenêtre.

Les becs-de-cane de mon enfance auraient aussi chacun une histoire à raconter. Certains étaient en corne de chèvre et ils avaient subi l'usure de quatre générations de chalands.

Madame Blanc vendait des « lunes » dans un bocal immuable. C'étaient des disques plats et roses. Ils avaient été roses. Le soleil en avait dégradé la teinte jusqu'à ne laisser d'elle que le seul souvenir. C'était cela sans doute qui me les faisait préférer aux autres bonbons.

Dans mon pays, il y avait des devantures sans imagination et d'autres exubérantes de vie, lesquelles affirmaient les caractères des gens qui les avaient commandées. Il existait de tristes devantures, des devantures de deuil, derrière lesquelles des commerçants infortunés étaient toujours aux aguets de la faillite. À cette époque, le mot faisait peur à l'égal de la tuberculose. On évitait ces seuils de boutique. On changeait de trottoir.

Dieu merci, il y en avait d'autres : de pimpantes, de charmantes, qui respiraient l'opulence et le bonheur. Certaines invitaient au voyage, leur fronton promettait des palmiers sur des rivages lointains. J'ai rêvé à chaque retour d'école sur l'une d'entre elles qui se trouvait sur le chemin de ma maison. Ça s'appelait : « Au planteur de Caïffa », c'était bleu et vert. Dans la vitrine pour donner plus large cours au rêve, il n'y avait jamais rien.

Certaines étaient en bois précieux, cirées tous les huit jours au cirage Lion Noir, comme des meubles de salon. On les avait voulues cossues, constellées de verroteries, rehaussées de bourrelets, travaillées de ronde-bosse, de rinceaux, de tout ce que le compagnon qui les avait créées avait pu inventer dans son zèle imaginatif.

Qui rêvera désormais sur les vitrines bien propres et si souvent renouvelées des boutiques d'aujourd'hui ? Personne, aucun enfant, ne vient plus coller son nez contre la vitre d'une devanture et d'ailleurs, s'il s'y risquait, il se ferait promptement rabrouer car ça coûte cher l'entretien d'une vitrine bien propre devant laquelle tout le monde passe sans s'arrêter.

Regardez bien, peut-être pour la dernière fois, les devantures de magasin qu'on vous offre dans ce livre. Elles sont le témoignage d'une civilisation individuelle où personne ne suivait le voisin dans la recherche du bonheur.

Vous méditerez particulièrement sur le 17 d'un coin de rue inconnu où un fournisseur de cannes et ombrelles proclame fièrement : *Maison fondée en 1850.* Qui, aujourd'hui, peut encore se flatter d'avoir été fondé en 1850 ?

Mais vous donnerez la palme à *Paulette.* Par son enseigne, *Paulette* prétend être une quincaillerie. Je ne crois pas que ce magasin-là ait jamais été fondé sinon peut-être par les archanges. Aucun précis philosophique ne peut égaler la somme de naïveté tranquille et satisfaite qu'on a amassée autour et dans cette boutique. On se fiche royalement que le chaland puisse pénétrer. Il y a une échelle dressée contre la porte d'entrée ; des bonbonnes et deux barriques barricadent la vitrine, elle-même dissuasive, passée au blanc d'Espagne jusque bien au-dessus de la ligne d'horizon. Sur les étagères intérieures court pour seul ornement un fil électrique ponctué de quelques ampoules multicolores que nul n'a jamais vues allumées ; deux vases glauques occupent l'étagère, une eau croupie y témoigne encore qu'ils ont autrefois contenu des fleurs. Suffit pour la vitrine mais le trottoir jonché d'instruments aratoires est en outre interdit d'accès par une espèce de chevalet à couper du bois que chez nous on appelle une *cabrette.* Pour accéder chez *Paulette* il faut descendre de ce trottoir dans la rue au péril de sa vie car d'énormes camions l'empruntent pour regagner la Nationale.

En somme, le chaland dont je parlais, ici est invité à passer son chemin. On n'a rien fait pour l'attirer ni le séduire. On offre cc qu'on a, pas plus, à la bonne franquette. Ici les Séguéla de tout poil peuvent se retirer des affaires. *Paulette* n'a pas besoin d'eux.

Rêvez, mesdames et messieurs, sur les neiges d'antan de ce livre pour gens de goût, mais faites comme chez *Paulette :* n'y pénétrez vraiment que si vous n'avez besoin de rien !

P.-S. : Ce texte était destiné à figurer en tête d'un concours de vitrines.

La Durance

Les gens de Névaches quand on parle de Durance se récrient et disent :

— Mais non ! C'est la Clarée !

Les arpenteurs se sont-ils trompés ? Un cours d'eau tire son nom définitif du plus long de ses affluents. Il faudrait mesurer de nouveau, mais alors que vont dire les gens du Montgenèvre ? D'autant que, entre la source de la Durance et celle de la Clarée jusqu'à la jonction des deux, il ne doit pas y avoir un kilomètre de différence. Restons-en donc, pour l'instant, à ce beau nom de Durance.

Quand j'étais enfant, mon instituteur prétendait que la source du Pô et celle de la Durance étaient si voisines qu'on avait planté cet écriteau sur la ligne de partage des eaux :

Va-t'en, belle Durance
Ravager la Provence.

Moi je vais en Italie
Fertiliser la Lombardie.

Prétendait, dis-je, parce que dans ces conditions ce ne serait plus ni la Clarée ni la Durance que cette rivière devrait s'appeler mais le Guil. Car il n'y a pas dix kilomètres à vol d'oiseau entre la source de ce torrent et celle du Pô.

J'ai pris conscience de l'érosion devant la Durance, lorsque j'avais dix ans. Mon grand-père avait une pièce de vigne au bout d'une courbe du torrent et tous les cinq ans, à peu près, lors d'une grande montée des eaux, il perdait quelques ceps, emportés par la crue. On les voyait, avec leurs racines qui dansaient sur le courant rapide, soutenus dans l'air par le cordon des fils de fer où l'on attachait les pampres.

La Durance n'était pas une amie. Elle avait un mufle soufflant qui vous jetait à la tête le vent du nord chargé des neiges des montagnes qui faisaient glacière au lointain.

Parfois, quand il ne restait plus qu'un filet d'eau sur le côté et qu'on pouvait s'aventurer, je marchais jusqu'au milieu du torrent, trébuchant sur des galets ronds énormes comme des oreillers et qui s'entassaient à l'infini.

Je faisais connaissance avec l'érosion. Ce qu'on appelait une rivière constituait au-dessus de moi unc muraille d'agrégats qui épousait la rotondité de la terre et qui obstruait tout l'horizon. On avait l'impression que les vallées là-haut avaient vomi hors d'elles ces moraines frontales bien avant de les recouvrir d'eau.

C'était la terre qui coulait, la terre pas encore cassée, pas encore réduite en poussière, comme si l'érosion venait à peine de la modeler.

Tel jour, après de grosses pluies, j'arrivais et je trouvais mon grand-père en train d'invectiver le torrent, armé de tout le vocabulaire méprisant dont il était capable et celui-ci pouvait être très riche.

C'était qu'un pan de terre arable avait encore été confisqué par la Durance, c'était qu'elle avait creusé encore un peu plus profond sous notre bien pour y mordre à belles dents comme un chien.

Et devant moi alors, mugissant gravement et sans hâte, au lieu du mur d'agrégats où j'allais trébuchant d'habitude, un fleuve trouble s'étendait qui tenait depuis ici jusqu'à l'autre rive là-bas sous les saules, vers la Fuste, à cent cinquante mètres au-delà.

C'est énorme cent cinquante mètres quand c'est occupé par un tapis d'eau qui circule à toute vitesse, avec des vagues d'un mètre de haut, à travers lesquelles on ne voit pas, que le soleil ne traverse pas parce que ce n'est pas de l'eau mais de la terre liquide que la Durance charrie. Celui qui n'a pas observé patiemment et contemplé fasciné cette érosion en marche, ne peut pas se faire une idée bien précise de la Durance.

Quand j'étais enfant et que le vent d'est soufflait à toute puissance et continu sur notre vallée, entraînant des nuages roulants qui lâchaient leurs trombes d'eau pendant des jours et des nuits (ceux qui en ont pâti et qui savent ce que nos ruisseaux peuvent devenir dans notre pays sec ne riront pas à me lire) ; quand ça arrivait alors, depuis sa sombre maison de la rue Chacundier où le soleil ne pénétrait jamais, ma grand-mère qui s'enfermait dans la souillarde à charbon sitôt que l'orage grondait, ma grand-mère levait le doigt et me disait :

— Chut ! Écoute !

Le vent faisait un drôle de bruit, passant sous la porte. C'était celui de la Durance qu'il apportait jusqu'ici.

Avant que l'on ne bâillonne notre torrent avec des retenues d'eau de plus en plus lourdes, nous avons assisté, nous autres gens de la moyenne vallée, à cette gigantesque bataille entre l'eau qui veut l'emporter et l'agrégat qui résiste. C'était un combat que l'homme devait se contenter d'admirer.

Aujourd'hui, la chronique nous dit que la

Durance est maîtrisée, qu'elle s'est assagie. En effet, les ingénieurs ont prévu dans les barrages des vannes d'évacuation assez hautes et assez larges pour laisser passer des crues centenaires. Il n'empêche. Il n'empêche que parfois lors de certaines nuits, ces hommes de science serrent un peu les fesses quand cette eau solide continue d'augmenter le niveau des retenues en dépit des vannes grandes ouvertes.

Il n'empêche que la Durance patiemment remplit les lacs artificiels d'agrégats à la place d'eau ; que l'énergie nécessaire pour curer ces lacs et leur rendre leur capacité serait égale à celle qu'on dégage en moulinant ces eaux.

Dans quatre cents ans, le barrage de Serre-Ponçon sera, au fil de l'eau, rempli d'agrégats. Alors la Durance, ayant retrouvé son cours, passera par-dessus en une belle cataracte.

Ça vous fait rire ? Vous verrez !

La Durance ! Ce mot dont j'ignorerai toujours l'étymologie évoque pour moi le mépris hautain où mon grand-père tenait ce fléau de la Provence.

La rivière, en ses crues décennales, avait creusé notre champ à pauvre homme d'une excavation en forme de croissant de lune, comme si elle l'avait profondément mordu. Ça n'était pas d'hier. Il est probable que la Signore appartenait aux Magnan depuis la nuit des temps. À l'origine, me disait mon père, le cadastre donnait ce lopin de terre pour une surface de quatre hectares. Les grands-pères y cultivaient des pois chiches et ils coupaient l'osier qui poussait sur les iscles pour en tresser des objets de vannerie.

C'est devant ce « bien » qui ne mesurait plus à l'époque que deux ou trois mille mètres carrés, tant le torrent y avait prélevé sa dîme, c'est devant ce « bien » que je fis connaissance de la Durance.

On n'y allait jamais seul. Rien qu'en entendant ces deux mots : la Signore, le mulet pointait les oreilles. Il se souvenait des labours harassants où soudain, par le soc brutalement déterré, jaillissait, rendu à la lumière en une gerbe d'étincelles, un galet lourd de cinquante kilos.

La terre en était truffée. C'étaient les perles alésées par le torrent au cours de millions d'années, luisantes et propres, polies et reflétant la lumière, parfois laiteuse, s'efforçant même à quelque transparence. Il y en avait un tas au bout du bien, loin du bord de la petite falaise où le courant mordait quand il avait faim. On avait élevé ce tas hors de portée des crues comme si chaque bloc ainsi confisqué pouvait faire défaut à la force du torrent et qu'ainsi, en un avenir plus ou moins proche, il manquât de munitions pour nous bombarder.

J'ai dit qu'on n'y allait jamais seul. Ce jour-là, il y avait toute la famille : mon père, ma mère, mon grand-père, ma grand-mère, ma sœur et le Cadet, le mulet impassible.

Je ne sais pas ce qu'on venait faire là tous ensemble. C'était l'hiver. Un aïeul avait eu la prétention de planter une vigne sur cette terre ingrate. Dérision ? Défi ? Ou simple tutoiement jeté aux éléments ?

On lui avait dit, sans doute, à cet homme que la grave est propice aux raisins. Je me souviens de ces ceps de vigne ridés au pied comme des vieillards, tordus, l'écorce en lambeaux, les sarments emmêlés quoique rares. On avait voulu donner à ce misérable bien le caractère d'un vignoble, aussi en restait-il des fils de fer courant d'un cep à l'autre sur des piquets pourris. Le dernier de ces piquets pendait lamentablement, surplombant le vide du terrain emporté. Dans les lacets du fil de fer qui le retenait suspendu, dansait un cep grotesque, muni de membres comme un homme ou comme un singe. À chaque tourbillon, à chaque remous, il touchait le courant du cours d'eau qui se dérobait sous lui aussitôt après et c'est pourquoi il dansait.

J'étais fasciné par ce bal sans musique fait pour un seul valseur. C'était un jour de crue et c'est sans doute pour cela qu'on m'avait amené ici, pour me montrer ce dont le torrent était capable, à moi le dernier descendant, et par là m'expliquer sans paroles pourquoi nous étions pauvres et devions le rester.

La veille, sous le pont de Manosque, à la jauge graduée, le niveau du courant avait atteint la cote d'alerte. Maintenant la Durance s'était calmée, seulement devant la Signore, le gué avait été drossé perpendiculairement au fil de l'eau.

— *Acunte infant dé puto dé gaveoù a maï boulégа !* (Le gué a encore navigué !), maugréait mon grand-père.

C'était ça le grand drame de la Signore. Selon la fantaisie des crues, selon que ce soit la Clarée, l'Ubaye, le Buech, le Jabron, le Vanson ou l'Asse, ses affluents supérieurs qui les premiers aient gonflé son cours, le débit de la Durance se précipitait d'abord contre une rive ou l'autre, les zigzags des nouvelles eaux effaçaient ceux des anciennes et les gués fantasques drainaient la violence des flux impartialement. Tantôt c'était le terroir de Manosque qui subissait ses assauts, tantôt c'était celui de Gréoux.

Selon l'affluent qui grossissait d'abord, les couleurs et la densité des crues différaient l'une de l'autre. Les paysans de Manosque savaient discerner, rien qu'en trempant leur doigt dans l'eau de la Durance et en le suçant, à qui ils devaient leur malheur : à la Clarée, entre l'Aiguille-Noire et Névaches ; à l'Ubaye entre le Brec de Rubren et Barcelonnette ; à la Gyronde, entre le sommet des Bans et l'Argentière ; au Buech, entre la cime de Jarjailles et Sisteron. La géographie particulière de ces hommes se limitait au bassin de ce torrent au mugissement triste qui leur soufflait une portion de leurs terres une fois tous les sept ou huit ans avec des paroxysmes trentenaires.

Et comme la Signore était, pauvre parmi les pauvres, le bien le plus infortuné de ces rivages, c'était elle qui pâtissait la première quand la Durance se déchaînait ; quand l'érosion devenait une personne physique ; quand on pouvait soudain la mesurer autrement que par supputation.

Mon père me racontait que, quand mon grand-père allait à la Signore, son premier soin avant de se mettre au travail, c'était de pisser dans la Durance afin de matérialiser son mépris.

Serge Fiorio

J'avais dix-sept ans. Giono venait de me présenter à Thyde Monnier. C'était le premier jour que j'allais chez elle. Il y avait là son amie Rosette Max et son secrétaire Frank Pinner, un Juif allemand que Giono lui avait recommandé et qu'elle hébergeait parce qu'il n'avait aucun papier ni moyen d'existence, ayant dû fuir sa patrie en catastrophe. Je ne vis ni l'une ni l'autre. J'étais encore d'une grossièreté pataude. Sans dire bonjour à personne je me précipitai, je me jetai devrais-je dire, vers le mur de la pièce, au-dessus du bureau de l'écrivain où était épinglée en vedette une photo insolite.

C'était la reproduction d'un tableau comme je n'en avais jamais vu. Un sujet central y était peint dont on ne voyait que la robe somptueuse dans sa simplicité, tant le visage lisse que celle-ci éclairait importait peu dans le fond. Autour de cette physionomie énigmatique parce que sans expression, une demi-douzaine de personnages en demi-cercle figuraient le chœur d'une tragédie muette. Ils étaient repoussés au loin mais bien distincts, bien dessinés et tous pourvus, eux, d'une tête de caractère.

Thyde me dit que la robe de la jeune femme était bleue et que ce bleu inouï lui avait donné envie d'écrire une pièce de théâtre dont l'ébauche était déjà éparpillée sur la table et qu'elle l'appellerait Joïa.

Cette femme en robe bleue, me dit-elle encore, c'était Clara, l'aveugle du *Chant du monde* de Giono, représentée sur le point d'accoucher parmi la forêt et les bêtes. Derrière elle se tenaient les arbres du monde et les êtres du monde et il ne fallait pas prêter longtemps attention, surtout lorsqu'on a dix-sept ans, pour les entendre chanter. Au demeurant, ces six personnages bien séparés les uns des autres et candidement posés dans leur utilité héraldique me captivaient beaucoup plus que les affres de cette jolie femme affaissée sur elle-même et que j'imaginais peut-être déjà assise sur l'enfant qu'elle venait de faire.

Il y en avait un notamment, très jeune et très svelte qui avait une tête de bélier maître. On m'expliqua que c'était lui le peintre et qu'il s'était représenté tel quel.

Cette tête candide quoique exprimant l'obstination dans sa sérénité, elle m'a très longtemps hanté car très longtemps je n'ai connu que les reproductions, quelquefois les originaux, des compositions de Serge Fiorio, avant de le rencontrer lui-même. Longtemps je ne pus l'imaginer que sous les espèces de ce personnage pointu, taillé comme un danseur ou comme un funambule. Y avait-il ou n'y avait-il pas un pigeon blanc ou une colombe perché sur son épaule ? Je ne puis en jurer et l'auteur non plus sans doute car cette toile, je ne l'ai jamais revue. Elle est mystérieusement quelque part. Elle dort en secret en un lieu improbable. Serge lui-même n'en parle que congrûment.

C'est ici le moment de dire que le grand mystère des œuvres de Fiorio c'est de savoir se manifester aux yeux de gens qui passeraient imperturbables devant un Rembrandt ou un Picasso ; des gens qui n'ont aucune éducation picturale tel que j'étais, moi, à dix-sept ans, lorsque je fus frappé par cette photographie d'une image singulière dans le vrai sens du mot.

Bien entendu il y a, comme pour Giono, quantité d'explications savantes destinées à commenter l'œuvre de l'artiste et à rassurer sur elle. Et, encore qu'elles ne soient pas toujours convaincantes, elles ont suffi à lui attirer d'universelles adhésions dans le monde des connaisseurs. Mais je ne parlerais pas de mystère s'il ne s'agissait que de cela.

En pays bas-alpin ou de haute Provence, errent par les guérets et les haies vives, des êtres qui méditent et n'ont pas toujours de quoi nourrir leur méditation. Ces êtres, on les a *intimidés* une bonne fois pour toutes par une péremptoire définition de l'art qui prononçait leur exclusion de cette source vive à tout jamais. Il a donc fallu que ce soit en sourdine, en catimini, qu'ils essayent d'en grappiller les éclaboussures. Et il faut bien dire que rares sont les peintres qui s'efforcent de leur faciliter la tâche. Est-il besoin de dire que Fiorio lui-même n'a sans doute jamais songé à eux en peignant ? Cependant, aimant ce qu'aiment ces êtres énigmatiques, captivé comme eux par les mêmes jeux d'ombres et de lumière, mais capable de les rendre et de les souligner jusqu'à ce que les découvrant, ces êtres puissent dire : « Parbleu ! Mais c'est ça ! C'est ça que je rumine ! C'est ça que j'essaye de me dire ! C'est ça que je vois et que j'ai raison de voir ! »

Thyde Monnier m'a raconté ce fait que lui rapportait Serge au début de sa vocation. Il peignait, comme l'écrit André Lombard, dans la carrière de son père, à peine émergé hors la poussière des coups de mine et parfois, afin peut-être d'élargir leur vision du monde, il montrait aux ouvriers de la pierre ce qu'il savait faire d'autre de ses dix doigts. Un jour, après être resté longtemps méditatif devant une toile, l'un d'eux jeta son chapeau à terre et tendit à Serge sa main à serrer.

— C'est toi qui as fait ça ? lui dit-il. Eh bien, je t'en fais mes sincères condoléances !

Cet être sans culture précise avait cependant choisi le mot le plus fort qu'il connût pour exprimer son adhésion.

Lorsqu'on est capable d'élever ainsi jusqu'à la méditation élégiaque, exprimée très justement par le mot *condoléances*, l'âme pure et simple d'un carrier, il ne faut pas s'étonner si les solitaires des Basses-Alpes flairent de loin, en connaisseurs, cette œuvre dont ils savent que celui qui la commet est capable (et susceptible) tout aussi bien qu'eux de tenir les mancherons de l'araire, le volant du tracteur ou de fendre sur le billot un ou deux stères de bois avec la lenteur calculée qui est de mise en ce cas-là.

Mais si je parle de mystère c'est que pour les êtres dont il est question ici, mes amis mes frères quoique inconnus, aimer l'œuvre d'un d'entre eux ne va pas sans inconvénient dans le milieu où ils vivent. On peut se promener avec un livre de poèmes dissimulé au fond de sa poche, même si en cela on diffère carrément de ceux qui portent un transistor en bandoulière qu'ils font tonitruer en gardant le troupeau, mais rentrer le soir chez soi avec un tableau de Serge Fiorio sous le bras réclame une bien autre carrure.

Un homme qui aura la réputation d'aimer la bonne peinture au sortir de tourner son tas de fumier ou de traire ses chèvres risque, ici, de ne plus être tout à fait crédible parmi ses pairs même si, s'étant mieux cachés, ceux-ci sont capables d'une passion identique. De là qu'il convient de traiter, avec cet amour, de secret à secret.

Au gré des successions, on trouvera des Fiorio en les lieux les plus improbables. Ils sont tapis un peu partout, de restoubles en roubines, en la solitude énigmatique de ces fermes blafardes où la jubilation interne de certains êtres aime à se dissimuler ou de ces villages aux fantasques ferronneries, qui ne paraissent morts que parce qu'ils vivent paisiblement. Et ces tableaux n'auront pas été achetés en vue d'une hypothétique plus-value pour les héritiers mais simplement dans l'intention de les regarder et de s'en repaître.

Je ne sais pas exactement où sont ces Fiorio-là. J'ignore s'il n'y en a guère ou beaucoup. Ce que je sais c'est qu'il en existe un certain nombre. Je peux très bien, en revanche, imaginer le lieu de prédilection où ils sont accrochés : dans l'alcôve, face à la tête du lit placé au nord, face au rameau d'olivier bénit si l'on croit, face au mur blanc si l'on croit ne pas croire. En tout cas commodément installés pour frapper les yeux de leur heureux propriétaire lorsque celui-ci est sur le point d'appuyer sur la poire de l'interrupteur avant de s'endormir, afin de se procurer à bon compte, par un furtif coup d'œil de contemplation chargé de pudeur, une formidable leçon de stabilité. Ceux qui ainsi se seront dissociés de leur état, ou tout au moins de ce que l'on considère comme devant être leur état : paysans, bergers, boulangers, petits commerçants de sous-préfecture s'il en reste ; tous ceux-là, en se tournant sur le côté pour s'endormir du sommeil du juste, pourront se dire : « Bateau ! Fiorio nous comprend et nous aime. »

Leur sommeil sera bercé par ces foules bonhommes bourdonnantes de rumeurs et riant sous le vent et les feuillages des arbres ; foules dont on ne sait si sont véritables ou factices les visages, les nez, les accoutrements de contes de fées, les ravis sortant d'un puits, les épouvantails rencontrés au sommet d'un champ par matin de bourrasque, les rires mêmes, naïfs ou coquins ; et la terre ! La terre de chez nous que nous envient ceux qui ne disposent que d'un bref passage pour la connaître et l'emporter à la semelle de leurs chaussures. La terre : un ruisseau furtif et parcimonieux bordé de trois peupliers inégalement disposés et dont une seule feuille d'automne s'alentit sur l'eau qui l'emporte. La neige aux champs morts est elle-même sujet de bien-être et de jubilation. La paix règne sur Fiorio de toile en toile, de sujet en sujet et d'année en année.

C'est une paix imperturbable fonction de l'âme et non mesurée par le destin des nations. Tous les villages de Fiorio sur des falaises ou bornés de remparts sont devant le ciel des Jérusalem célestes ; la solitude elle-même : une femme le dos tourné qui attend quelqu'un que doit lui rendre l'horizon contemplé, en sa situation d'angoisse ou de désir contenu, est cependant campée parmi un bel ordre propre ; le ménage est fait, la serpillière récemment a balayé les carreaux luisants ; un bouquet de fleurs fraîches jusque-là rassemblé entre des mains dévotes vient d'être rendu à la liberté de s'épandre aux flancs d'un vase d'eau fraîche. Ou bien alors on entend chanter sur les quatre quartiers des saisons la musique allègre de Vivaldi, tandis que se profilent çà et là les leitmotive furtivement embusqués parmi les halliers clairs et les piliers des hêtres comme autant de devinettes ou d'énigmes.

Je n'en finirai pas de déchiffrer cette œuvre

comme la lisent, avec la même simplicité et le même ébahissement, les hommes de mon pays qui se sont laissé captiver par elle au point d'en faire leur peinture de chevet. Et c'est vexant pour un contemplatif, en dépit de l'envie qu'il en connaît, de ne pouvoir la relier à rien ni à personne.

On a pu, par de savantes contorsions, nous obscurcir jusqu'à l'éloigner de nous l'écriture de Giono, mais qui réussira à nous obscurcir la lumière de Fiorio ? Qui pourra même s'escrimer à extirper hors la joie de ses toiles quelque regret ou quelque mélancolie ? Jusqu'à la mort elle-même, Fiorio est tout entier soumis à l'ordre du monde.

Il va sans dire que, comme chacun, cet homme a eu sa hotte de malheurs, de désillusions, de deuils et de solitude, mais le pouvoir de les transcender par son œuvre lui a été accordé à sa naissance.

Croyez-vous qu'il ne faut pas déjà être béni des dieux pour que la lucarne de votre mansarde d'enfant donne sur le ballast où passait l'Orient-Express ? Je suis sûr que ce train des fausses joies mais matière à de vrais rêves s'est un jour arrêté à la suite de quelque incident technique sur le ballast et que, derrière les vitres illuminées, l'enfant Fiorio captivé a pu voir se profiler ces créatures à jamais hypothétiques pour le commun des mortels, lesquelles, sous leurs chapeaux enfaisannés, allaient de Londres à Venise pour y soigner quelque phtisie mystique. Qui sait même, la chance aidant, s'il n'a pas aperçu aussi, tout rouge d'uniforme et de chair, quelque colonel de l'armée des Indes partant étouffer dans le sang quelque légitime révolte ?

Les carrières à ciel ouvert, la dynamite, la barre à mine, la pierre brute, une famille faite de piliers solides et nombreux, tout empreinte de joie de vivre, et par là autour les grands bois, les grandes montagnes, voici qui peut permettre de faire un artiste si l'obstination et le travail ne le rebutent pas. Retenir et fixer l'éternité qui passe, je suis sûr que jamais Fiorio ne s'est formulé ouvertement ce postulat qui est pourtant tout entier enfermé dans son œuvre.

Giono et lui sont cousins et ils ont l'un et l'autre la même aptitude au bonheur en dépit de toute traverse et la même aptitude à faire partager ce bonheur à tous ceux qui pénètrent leur œuvre. Ce don du ciel qui est de pouvoir créer de la matière à bonheur fût-ce au milieu des pires vicissitudes, c'est la marque essentielle du créateur authentique. Giono était capable, au chevet de sa mère mourante, d'écrire une scène d'amour contenu entre deux jeunes êtres. Fiorio, j'en suis sûr, s'extrayait hors la mort de ses parents ou de son frère Aldo pour venir les pleurer parmi les couleurs et les formes qu'ils avaient toujours aimées.

Nos rencontres avec Serge, quoique peu fréquentes, sont toujours empreintes d'une certaine timidité si nous y sommes seuls. Cela tient à ce que, s'il sait peindre et si je sais écrire, nous ne savons parler ni l'un ni l'autre.

Certain jour où j'avais reçu d'une toile révélée chez notre irremplaçable ami Lucien Henry un choc plus fort qu'à l'ordinaire, je traçai ces seuls mots sur une carte-lettre : « Serge, tu es un grand peintre. »

Cela allait sans dire entre nous mais cela allait encore mieux en l'écrivant.

Le sophisme

C'était à l'automne, comme maintenant. Nous venions, le samedi soir, de voir *Jofroi* au Femina-Casino, dans l'odeur pénétrante que le Lazare Garcin, patron du cinéma, répandait dans son sillage. Ce personnage se parfumait à outrance. On le suivait littéralement à la trace : dans la rue, au *Café Glacier*. Les rideaux rouges de son établissement et le velours des sièges étaient imprégnés de ce parfum. Le Léonce Alivon, le maître queux du prestigieux restaurant *Au Grand Paris*, lui disait :

— Écoute, Lazare, ne viens plus manger chez moi les jours de fête que tu me tues l'arôme des bécasses !

Ce matin-là donc j'allai chez Giono renouveler ma provision de livres. Lui et moi habillés du dimanche, mais ça commençait le samedi soir. Nos costumes respiraient encore l'odeur du patchouli imprimé à jamais sur chaque

Manosquin féru de cinéma par le terrible Lazare.

J'étais tout jubilant de ce *Jofroi* qui me paraissait la merveille des merveilles. Surtout le grincement de la charrette cahotant parmi les ornières quand Fonse va faire mourir les arbres de Jofroi par le fer et par le feu. Je pardonnais à Vincent Scotto deux ou trois cents chansons médiocres qu'il commit dans sa vie, à cause de sa prestation en tant qu'acteur dans ce petit film d'une demi-heure. Mais surtout j'étais plein d'un grand mot.

Lorsque Fonse commence à être malade à propos de son verger de la Maussan qu'il a payé à Jofroi mais qu'il ne peut utiliser à sa guise sous peine d'un coup de fusil, l'instituteur, qui médite profondément au milieu de tous sous le mûrier de la place, l'instituteur s'écrie soudain :

— C'est un sophisme !

Le mot met tout le monde au garde-à-vous. La voici enfin cette explication tant attendue et pourtant irrémédiable car Jofroi veut tout à la fois avoir vendu son bien et continuer à s'y comporter en maître.

Fonse se couche, atteint par ce mot comme par un coup de foudre, et aux amis qui viennent l'encourager sur son lit de souffrance il confirme :

— L'instituteur a raison, va ! C'est un sophisme !

Qué sophisme ! Qué sophisme !

J'étais en train d'exprimer à Giono mon enthousiasme pour ce sophisme. J'ajoutai même au comble de la naïveté juvénile :

— Mais ça je suis sûr que ce n'est pas de Pagnol. C'est de vous !

— Ah non ! me dit-il. Je voudrais bien mais non ! Ça c'est de lui ! Il a quelquefois de ces éclairs de génie.

Il tritura sa pipe l'air rêveur en la contemplant du point de vue de Sirius puis il ajouta lentement :

— Éclair de génie... éclair de génie... il faudrait voir. Ça c'est *a priori.* Tu vois, toi tu t'y es laissé prendre et moi j'ai même ressenti une petite pointe de jalousie. Ça tient à ce que toi, tu sais à peine ce qu'est un sophisme et que moi je me laisse encore éblouir par les tours de passe-passe. En réalité, s'il se trouvait dans la salle un seul instituteur qui eût bien en tête la longue signification du mot sophisme, celui-là n'a pas bronché ! Car c'est exactement ça la position de Fonse par rapport à Jofroi. Je n'y avais pas pensé en l'écrivant mais je viens d'y songer à l'instant dix ans plus tard. J'ai écrit l'illustration parfaite d'un sophisme. Et dès lors, il n'y a plus de quoi rire !

Il m'a dit ça un dimanche au matin d'automne, dans l'odorante fumée de sa pipe. Je venais de prendre ma première leçon d'écriture.

Complainte — en prose — de l'apprenti

Et vous ne parlez pas, amis, de la potasse ! La potasse fut ma compagne durant tout mon apprentissage. Afin d'économiser l'essence on en lavait les formes. Que dis-je on en lavait : on en brossait les formes.

On éditait un journal de quatre pages, hebdomadaire, avec état civil, interdiction de chasser chez monsieur Untel, lequel souvent ne répondait plus des dettes contractées par son épouse, laquelle épouse faisait imprimer du tac au tac qu'elle n'avait pas l'intention de contracter des dettes. Il y avait aussi des articles agricoles, des annonces légales et deux pages — deux pages ! — de publicités inamovibles, les mêmes avec la même mise en pages, du premier de l'an à la Saint-Sylvestre. Ça paraissait le vendredi soir, en général vers vingt-deux heures. Je portais sur mon épaule, jusqu'au tri de la poste qu'on m'ouvrait spécialement, une grande corbeille de numéros sous bande pour les abonnés. Après quoi il ne me restait plus qu'à descendre les deux dernières formes de la Marinoni modèle 1894. (Il fallait voir le blanchet et les coussinets ! Un seul ouvrier avait le pouvoir de régler le cylindre !)

Je posais mes formes dans l'évier spécial à ras de terre. J'allais quérir à la borne fontaine deux seaux d'eau de douze litres chacun. Combien de fois me suis-je comparé à la Cosette des *Misérables* ! Et frotte que tu frotteras, pour enlever toute l'encre Ch. Lorilleux et Cie qui s'était incrustée sur le talus des lettres. Tout cela dans la pénombre car notre patronne ne tolérait pas d'ampoule électrique de plus de 50 watts. Elle nous chauffait à l'aide de boulettes de papier mouillé qu'elle enfournait parcimonieusement dans le poêle rond. Ce poêle avait un tuyau de six mètres de long qui traversait, suspendu à des fils de fer, la moitié de l'atelier avant de rejoindre la cheminée. Les tierces, au fur et à mesure qu'on achevait les travaux de ville, étaient enfilées sur une sorte d'hameçon qui descendait de ce tuyau. L'hiver, au peu d'air chaud qui se déplaçait là autour, ces tierces bruissaient d'un beau bruit de cigale.

Les plafonds de l'atelier (un ancien café) s'élevaient à cinq mètres cinquante. De l'entrée jusqu'au massicot perdu dans la pénombre, il y avait dix mètres de profondeur glauque ; de la Marinoni au dernier banc des protes il y avait quatorze mètres. C'était inchauffable et d'ailleurs inchauffé.

La coutume d'alors chez les typos était d'essayer d'abord de dégoûter le grouillot du métier plutôt que de le lui enseigner. Cela afin de mesurer sa force d'âme.

Dès le premier jour on m'apprit la casse, on m'indiqua l'emplacement des divers caractères, on me munit d'un composteur inréglable tant le levier avait de jeu puis on transporta à ma place une caisse de quinze kilos de pâte, tout ce qui avait été *mis en pâte* depuis la création de l'atelier. Il y avait là-dedans du corps 6, 7, 8, 9, 10, 11 et jusqu'au 24 ; romain, italique, anglaises, égyptiennes, Europe, stylo, etc., tout ce qu'il y avait de meilleur marché parmi les polices de caractères dans le catalogue de la Fonderie typographique française que représentait un certain monsieur Heurtebise dont le nom me fascinait.

Soyons juste : quand je ne margeais pas des enveloppes déformées qui ne rentraient pas dans les taquets, sur des machines à pédale (ô l'affreux bruit de squelette cassé !), quand je ne poudrais pas d'or factice les tableaux d'honneur du collège dont avant cela je n'avais jamais touché un seul, on me faisait composer.

Pendant trois ans je composai pour le journal, en caractère 6 sans interligne, une annonce célèbre : *La poudre Louis Legras.* C'était une panacée contre l'asthme. Cette publicité était à peu près identique d'une semaine sur l'autre mais à peu près seulement. De sorte qu'on devait la distribuer et la recomposer à chaque publication.

Distribuer du corps 6 non interligné quand la forme a subi l'épreuve de la potasse (qui sèche et agglutine les caractères), ce n'est pas aux typos d'hier que j'apprendrai que c'est un supplice raffiné.

J'étais atteint six mois de l'année par une dermatose dont j'ignore le nom en français et que les typos appelaient des *piérachons.* C'était, autour des ongles, la peau qui se desquamait en longues lanières séparées par des crevasses. Le froid, la potasse, la poussière de plomb, se chargeaient de creuser et d'aggraver ces crevasses. Il m'est arrivé de m'arracher des lanières d'un bon centimètre de long.

Il faut ajouter à ce tableau incomplet que personnellement je n'affichais pas pour l'hygiène corporelle une bien grande estime et si je me lavais les mains une fois par jour et le corps une fois par semaine, c'était le bout du monde.

Mes ongles étaient en deuil, d'un deuil menaçant : celui de la poussière de plomb.

Comment dans ces conditions ne suis-je pas devenu saturnien ? C'est ce que je ne me suis jamais expliqué. Les caractères étaient vieux, usés. Ils avaient perdu leur substance qui végétait au fond des cassetins en une sorte de duvet nocif que nous malaxions à tout bout de champ en cherchant les lettres. Tout le monde fumait (sauf moi). Les encres de cette époque étaient fixées par des composantes chimiques dont peu chalait à qui que ce fût qu'elles soient simplement toxiques ou notoirement cancérigènes. Et pourtant nul n'était jamais malade. J'ai passé huit années dans l'atmosphère enfumée, glaciale ou torride de cette imprimerie. Je n'ai jamais attrapé fût-ce un rhume. J'en suis sorti intact.

La seule trace que j'en garde, c'est une cicatrice sur la première phalange de l'index et du majeur de la main droite. Je margeais, une fille passait à l'horizon de la devanture. Je la regardai un peu trop longtemps. La machine referma sa mâchoire sur mes deux doigts. Je n'eus pas le réflexe de lever la pression. J'entends encore d'ici le bruit que ça fit quand mes ongles s'écrasèrent et que la peau éclata.

Va-t-on croire à me lire que j'étais malheureux ? Non ! J'avais treize ans. On tient le bon bout quand on a treize ans. On regarde d'un œil narquois ceux qui en ont déjà trente ou quarante, même s'ils ont le pouvoir sur vous.

Non je n'étais pas malheureux, et de mes innocents tortionnaires d'alors — tous disparus — je ne conserve qu'un souvenir empreint de tendresse. Ils m'ont appris à vivre.

La soupe de brigadéou

Savez-vous ce que c'est qu'une soupe de *brigadéou* ? C'était le désespoir de cause de ma grand-mère Magnan. Quand elle ne savait plus comment assouvir l'appétit de mon grand-père de cent cinq kilos, elle versait dans l'eau bouillante deux cents grammes de débris de pois chiches et quelques taillons de petit salé revenus à l'huile d'olive. Si elle voulait faire fête, elle y coulait un jaune d'œuf rapidement touillé.

Je vous parlerai de cette cuisine de ma grand-mère préparée sur un poêle vieux de cent ans et tout troué ; nourri d'un lignite bitumeux qui empestait l'air de miasmes épouvantables, lesquels aujourd'hui m'apparaissent comme parfums d'Orient.

Qui pourra jamais décrire une odeur ? Chaque fois que chez un brocanteur je découvre un calen (cet objet descendu sans transformation depuis la civilisation hellénique et qu'ailleurs on appelle quinquet), je me précipite pour promener mon nez dessus, savoir si par miracle il n'aura pas conservé un peu de cette puanteur de *l'huile des infers* (résidu des moulins à huile) tant décriée par ma mère et qui contenait pour moi cependant toute l'amertume sacrée de notre monde paysan.

J'avais deux grand-mères diversement douées pour la cuisine : l'une la faisait brute et l'autre raffinée. J'aimais autant l'une que l'autre parce que dans la trame du temps qui passait, je savais déjà malgré mon jeune âge que toutes deux me préparaient des souvenirs inoubliables et des regrets.

Mon grand-père, avec doute, me regardait dévorer les préparations de sa femme : les soupes n'étaient pas passées, à peine étaient-elles écrasées. En fin de saison, les carottes faisaient un bâton rébarbatif hérissé de racines adventives ; les choux résistaient sous la dent par tout leur trognon ligneux. Il n'importait pas. Je savais que chaque légume venait soit d'un jardin soit de l'autre car le goût particulier de la terre qui l'avait vu croître l'avait marqué de son sceau. Je me disais : « Cet oignon vient de Saint-Pierre, ce poireau vient des Embarrades, cette pomme de terre a verdi sous le soleil de la Signore. » Chaque parcelle avait son propre fond d'arôme.

La basse-cour était uniquement peuplée de poules robustes dites *cou-pelé* qui étaient laides mais produisaient des œufs énormes. Qui me rendra le parfum olivé du *réguinéou* (omelette aux tranches de cervelas) qu'on apportait à la hâte dans les assiettes pour qu'il ne refroidisse pas ? Mais qui me rendra la *barigoule* que faisait mon autre grand-mère Brunel avec de jeunes carlines laborieusement écorcées ? L'amertume de ce mets qu'elle seule et moi étions capables de goûter, et que nous mangions presque en cachette, est peut-être de toute mon enfance le plus orgueilleux souvenir. D'autres ont eu pour compagnons de rêves des bibliothèques ou des stradivarius, mais qui a jamais mangé des carlines à la barigoule ?

Et d'ailleurs, comment faire comprendre à qui n'en a jamais mangé ce qu'était le gros pain gris de mes jeunes années dont la mie était constellée de miettes de son ? On pouvait comprimer la miche tout entière entre ses mains et la réduire d'un bon tiers. On s'amusait à ça. Reposée sur la table, tel un animal remis en liberté, elle reprenait à l'instant sous vos yeux et sa forme et sa taille. (Je vous conseille d'essayer de faire ça aujourd'hui avec votre pain congelé.)

Vous autres ici pourtant, vous avez su conserver plus longtemps vos mets de sauvegarde. Il n'y a pas eu de morts de faim dans tout le comté de Nice tant qu'on a pu acheter pour trois francs de socca autour des braseros du cours Saleya. Et pour cinq francs on ne savait plus où la mettre, on en avait plein les mains, on jetait le surplus. On la proposait sur du papier paille où des fragments de chaume encore brillaient à travers la trame.

Et, puisqu'on en parle, semblablement où sont les omelettes de *balicot* que nous mangions les soirs d'été sur les terrasses de Saint-Pierre-de-Féric et dont le vert irréel me faisait tant plaisir ?

Envolez-vous odeurs, parfums, arômes, saveurs intransmissibles qui soulignent les civilisations, les rehaussent de leur fragilité tandis que, faute de les avoir respirées, les archéologues reconstituent le squelette de ce qu'elles ont été et se perdent en conjectures sur ce qu'était l'âme des anciens.

Et moi, les mots que j'utilise en vain aujourd'hui pour essayer de vous les rendre perceptibles sont aussi incompréhensibles pour vous que le sont les hiéroglyphes d'Égypte.

En attendant Angelo

La première fois que j'ai commencé de lire *Le Hussard sur le toit*, c'était à Nice, en 1951, parmi les collines pierreuses où ne poussent que les œillets et les immeubles ; je lisais debout, en marchant, ma nièce de deux ans à califourchon sur mes épaules et qui se cramponnait sauvagement à mes cheveux. J'étais exilé en cette terre ingrate, loin de mes Basses-Alpes à la somptueuse pauvreté. La mer toujours recommencée ne me faisait ni chaud ni froid, ni non plus ces plumeaux pour domestiques de grande maison que d'aucuns nomment des palmiers. J'avais besoin comme il n'est pas possible d'être ramené au pays. Le hussard m'y conviait à grandes traites, à grandes chevauchées.

Depuis les hauteurs des Fraches, autrefois, j'avais quinze ans, un Giono ineffablement jeune nous montrait en bas dessous, d'une pipe péremptoire, les Omergues où commence le drame. C'était autour d'un cairn depuis démoli par les vandales. Aujourd'hui, c'est-à-dire il y a quarante-cinq ans à Nice, les pages qu'il venait d'écrire me tiraient de mon néant pour me jeter dans la fournaise d'un de ces étés blafards que je connais si bien. D'une charogne de belette pourrie coincée entre les pierres d'un clapier scintillant sous la canicule, le poète exhumait tout un chapelet de puanteurs diverses qu'il allait répartir parmi l'humanité souffrante tout entière. (Ah ces odeurs ! Que l'écriture peut rendre et pas l'image !) J'aspirais d'une narine compétente ces pots de chambre pleins à ras bords et *qui sentaient terriblement la colère de Dieu.* Mais alentour le ciel, mais les arbres écrasés de soif, mais la litière livide des torrents secs au bord desquels se sublimait tout de même le miracle d'un peuplier dont le feuillage était tout vert ; tout cela faisait que je tendais les bras vers cet univers condensé dans le temps d'un roman mais où je me reconnaissais. Quand le charnier en flammes dans la nuit du bûcher de Sisteron s'approche d'Angelo en catimini et que la mort déroule autour de lui ses draperies de fumée grasse, croyez-vous à me lire que j'aurais dû être au comble du bonheur ? Non ! J'étais au comble de la jalousie.

A beau écrire qui n'a pas éprouvé dans sa vie

tel sentiment en lisant un chef-d'œuvre. Paralysé, liquéfié devant la puissance du verbe, je l'ai été bien des fois. Foudroyé d'impuissance à vingt ans, dénichant je ne sais où quelques extraits du duc de Saint-Simon : « Ce prince allant, comme je l'ai dit à Meudon le lendemain des fêtes de Pâques, rencontra en chemin un prêtre qui portait le Saint Sacrement à un malade. » J'éprouvais, comme un coup de poing à l'estomac, la vision de cette cour éparpillée de terreur à l'annonce de la mort d'un grand : « Madame arriva hurlante et en grand habit et ne sachant bonnement pourquoi ni l'un ni l'autre. »

Je garde ces visions dans mon cœur jaloux depuis cinquante ans, en toute quiétude, car je puis raisonnablement espérer que ce n'est pas demain qu'un cinéaste plantera ses caméras sur le toit de l'orangerie, à Versailles, pour y faire évoluer les horribles duchesses du duc de Saint-Simon, encombrées de leur *ployant* sous le bras, afin d'être aptes à tout moment à s'asseoir devant le Roi comme leur rang les y autorise. Il n'y aura pas, d'ici ma mort, de truchement entre ces harpies et mon imagination et je pourrai continuer naïvement à croire que je suis le seul à les bien comprendre et à bien les aimer.

En revanche, entre le hussard et moi, Rappeneau vient de tendre le piège de la cristallisation. Il vient de se résigner, peut-être la mort dans l'âme, à dresser devant moi, devant vous, *son* cavalier semblable à un épi d'or.

C'est celui-ci et non moi, yeux sans corps et sans visage, qui va parcourir ce charnier de Sisteron (*de fait, la ville, au-dessus des flammes rouges, était muette et verdâtre*). C'est lui, et non moi, qui va rencontrer le chat à l'ombre de Saint-Sauveur et se faire reconnaître dans l'escalier bourgeois, son faciès mâchuré de charbonnier piémontais par le flambeau haut levé (tel un sourcil étonné) que tient une très jeune femme d'une main qui ne tremble pas.

C'est moi qui tremble : comment Juliette Binoche va-t-elle s'arranger pour remplacer par le sien ce *petit visage triangulaire semblable à un fer de lance* ? Ce fer de lance étant l'impertinence suprême, seule capable de toiser la mort.

Et comment le cinéma va-t-il gérer cette situation qu'il repousse toujours de toutes ses forces : faire admettre à vingt millions de spectateurs le mythe de Laure et de Pétrarque, c'est-à-dire la chasteté totale de cet homme et de cette femme baignant dans leur même sueur, leurs mêmes odeurs, leurs mêmes transes, leur même frôlement perpétuel de la mort sale par le choléra et auxquels Giono (ce qui est peut-être la plus grande énigme de ce roman) dénie purement et simplement le droit de faire l'amour sous prétexte que ce serait du dernier commun ? Seule l'écriture souveraine et sans aucun truchement entre l'auteur et le lecteur peut, semblable au Mystère chrétien, rendre naturel ce qui ne l'est pas du tout.

Si Martinez et Binoche cillent une seule fois l'un devant l'autre tout est fichu car, si immatériel qu'il soit, le cinéma ne l'est pas encore assez par la pellicule et l'écran pour que son immixtion dans l'âme du lecteur se fasse sans effraction.

Alors, au lieu d'attendre Angelo, à moins que je ne succombe à la tentation, je monterai peut-être jusqu'à Theus, un soir d'ondée, quand les demoiselles coiffées lavées de frais ouvrent leur bal de pierre en une immobilité pareille au mouvement. Elles s'écarteront pour faire la haie autour de Pauline, vêtue pour toujours d'une robe longue. Ou bien, ouvrant la première page du livre, j'apprendrai que du côté de Novare, une nuit de *bonheur fou*, « le vent de Lombardie mêlé à un peu de pluie secouait les réverbères ».

De ce côté-ci du hussard, le cinéma ne me rattrapera jamais.

Matérielle vérité

Je suis atteint d'incuriosité totale pour le reste du monde. Cette phrase que je répète comme un leitmotiv chaque fois qu'on me parle d'Adamastor, du Ladakh, de Punta Arenas ou de Oulan-Bator, pourrait passer pour de la suffisance ou de l'imbécillité si elle était spontanée. Or ce n'est qu'au fil de ma vie qu'elle s'est imposée à moi.

Car à peine suis-je en train de décrypter le mystère de quelques dizaines de kilomètres autour de mon lieu de naissance, et à ma mort ce labeur de titan restera suspendu.

C'est trop dire déjà qu'un département ou un arrondissement. Car il semble que le seul lit de la Durance qui coupe les Basses-Alpes en deux soit un obstacle infranchissable pour l'âme. Comme il l'est d'ailleurs pour la pluie et l'orage. Combien de fois ai-je entendu mon grand-père planté solidement sur ses jambes devant le ciel coléreux pour interpeller Dieu durement parce qu'une fois encore le déluge qui mettait en déroute la poussière, là-bas, sur Valensole, Riez, Moustiers-Sainte-Marie, ne franchissait pas les cent mètres d'un maigre torrent, fait de plus de gravier blanc que d'eau courante. Cette balafre sur la terre fertile tenait en respect sans bataille, sans bruit, sans aucune manifestation particulière de puissance, trois cents kilomètres carrés de pluie bienfaisante.

Non, je ne m'accoutume pas au bonheur d'être ici et d'être d'ici. Quand venant de Paris, licencié économique, j'arrivai, il y a vingt ans de cela, dans mon pigeonnier du Revest, le premier matin où j'ouvris mes volets sur cent quatre-vingts degrés de beauté intransmissible, le pays m'a dit : « Sois tranquille : tu ne pourras plus bouger d'ici. Tous les ponts sont coupés. Ici, plus rien ne peut t'arriver. »

Je n'avais pourtant sur moi que la chlamyde dépenaillée d'Ulysse rentrant à Ithaque les fesses serrées et je ne donnais pas cher de mes chances de survie.

C'est pourquoi ne vous attendez pas à merveille : je ne vis que de beauté et de la charité de mes lecteurs peu nombreux. Je suis dans le pays des chênes. Il n'y pousse rien d'autre. Les résineux sont tenus en respect au loin, rares et discrets ; le chêne est omnipotent et omniprésent. Il lance ses racines (visibles au bord des talus) pour contourner les dalles calcaires d'un seul tenant qui sont le pavé stérile du pays, à défaut de toute terre arable. La racine passe dessous, imperturbable, descend blanche dans l'ombre, chercher sa nourriture. Le tronc a l'air d'une proue de navire. Il est arrimé au bord de la table calcaire par ses racines latérales. Tout le port du feuillage est ancré dans l'air à rebrousse-vent. Le mistral peut souffler et le roseau plier. L'arbre ne sera pas plus vaincu que le phragmite. De mémoire d'homme on n'a jamais vu ici de chêne déraciné. Il faudrait pour cela que la tempête extirpe du sol cette table calcaire que l'arbre tient enserrée entre les griffes de ses racines.

Parfois les paysans, quand l'hiver est en colère, rasent à la hâte un hectare ou deux de ces arbres improductifs auxquels, la plupart du temps, les truffes elles-mêmes refusent de s'associer. Alors c'est la désolation pendant ces quelques éphémères minutes d'éternité que sont les années pour les hommes. Dix ans et sur la souche où les tiges nouvelles se sont éclaircies sans combat, il y a trois nouveaux troncs de chênes dont on ne peut déjà plus encercler la circonférence entre les doigts des deux mains jointes. Vingt ans et il n'y paraît plus.

Le chêne est d'une extrême prudence. Tandis que les autres arbres exubérants se précipitent vers l'épanouissement dès les premières tiédeurs, lui, il reste de marbre devant le printemps apparent. Il est nu, tout seul au milieu de la verdure. On le dirait hérissé d'épines, alors que ce ne sont que des bourgeons. Il tâte l'air, la saison, le caprice des courants qui se brassent autour de Lure. Quand il déplie enfin hors des bourgeons rose tendre ses feuilles crénelées, c'est qu'on peut se découvrir d'un fil.

Si j'ai tant parlé des chênes, négligeant tout autre aspect du pays c'est parce qu'ils me subjuguent, parce que le silence où ils vivent tous les événements du monde qui font, paraît-il, tant de bruit, me laisse rêveur.

Cependant, plantés au milieu de ces chênes, juchés sur quelques promontoires, visibles de chez moi, à portée de ma main et que j'égrène comme les boules d'un chapelet, il y a ces pays blancs et le soir étoilés : Forcalquier, Pierrerue, Niozelles, Dauphin, Lurs, Sigonce et Fontienne là-bas derrière, que je ne vois pas mais que j'entends respirer. Ils me garderont dans leur souvenir, eux qui grâce à leur pauvreté apparente traverseront, sans faire envie à quiconque, les siècles périlleux. Je mourrai en les enlaçant comme les enfants s'endorment la poitrine lourde des bonheurs qu'ils serrent contre eux.

Leur contemplation et celle des chênes auront toujours suffi à mon horizon.

Le verre de limonade

Le verre de limonade que je bois ce soir en signe d'abstinence m'ouvre le passé mieux qu'un soc de charrue n'éventre le sol.

Je revois Manosque 1930. La glycine du Cercle des travailleurs, laquelle, à cette époque, existe déjà depuis cent ans, vient de déverser en ce 15 août sa seconde floraison de l'été. Je la contemple fasciné, abritant sous les cascades en bon ordre de ses grappes fleuries les festons en girandoles que forment les ampoules multicolores interposées entre le ciel et moi.

Sous ce plafond devant le Cercle, une quinzaine de tables à tréteaux sont alignées pour recevoir les familles. On les a disposées quatre par quatre perpendiculaires à un écran blanc tendu sur des ficelles et arrimé aux angles par de grosses pierres destinées à le maintenir rigide. Le vent du soir gonfle cette toile blanche comme une voile de caravelle.

Nous sommes dans l'attente béate de la nuit qui permettra aux images d'apprivoiser l'obscurité. Sur les bancs où tout le monde tout à l'heure pourra se tourner vers l'écran, il y a des grands-pères, des parents et des petits-enfants. Les adultes boivent des cafés dans des mazagrans et les enfants de la limonade dans des verres à pastilles. Tous, garçons et filles, y ont fait ajouter du sirop de menthe ou de grenadine. Le vert et rouge des sirops, le vert et rouge des girandoles les émerveille à bon compte. Tous ? Sauf moi. Je ne sais pas pourquoi je buvais de la claire limonade alors que tous les autres la troublaient par quelque artifice, ou plutôt je le sais : moi qui toujours avais soif, contempler cette clarté limpide m'évoquait les sources où je ne boirais jamais. Dans le verre à pastilles s'irisaient les couleurs des lampions simulant l'arc-en-ciel de l'orage dont j'étais alors friand.

Nous attendons. Il règne sur notre assemblée un bien-être délicieux fait de la douceur d'août et de la conscience tranquille. Tous ces rudes ouvriers et ces paysans de la ville ont bien travaillé toute la semaine, ont gagné le droit de se prélasser. L'odeur de leur saine sueur est emportée par la brise. Ils s'avantagent sur la chaise verte de jardin qui leur tient lieu de fauteuil et les contient à peine.

Ni jeunes ni vieux nous ne sommes blasés. Le Larifla, le montreur de marionnettes, nous fait patienter en nous jouant des airs sur un orgue improvisé. C'est un cadre de bois blanc où des bouteilles sont suspendues à des bouts de ficelle. Chacune de ces bouteilles contient une quantité d'eau déterminée, de manière qu'ensemble elles puissent couvrir l'octave. Le Larifla les frappe agilement à d'aide d'un petit marteau en métal doré et il en tire des sons de clavecin ou de boîte à musique. Il joue : *Ah vous dirai-je maman*, *Les Blés d'or* et *Le Temps des cerises.* Il obtient le silence sans le réclamer et dans le crépuscule sous les guirlandes d'ampoules, les fumées des pipes et des cigarettes s'en vont en arabesques, rêveuses, semble-t-il, sous l'empire de la musique.

Moi, pour tuer le temps, je quitte mon banc et je vais dans la salle fraîche du Cercle qui est totalement vide. C'est une longue salle de café surmontée d'une tribune où le mystère du cinéma tient ses assises l'hiver. Au fond se dresse une scène que dissimule un rideau rouge, où pour les fêtes de Noël quelques amateurs interprètent des saynètes. Mais ce sont les murs qui m'attirent. Aux murs sont épinglées les affiches des films qui ont été présentés ou vont l'être. Tous les grands succès des années précédentes sont ici, conservés côte à côte pour attester des programmes prestigieux que le Cercle des travailleurs est capable d'offrir à ses adhérents. Ces affiches, si ma mémoire était un projecteur, je pourrais les offrir intactes aux collectionneurs : « Huguette ex-Duflos et Jaque (sans *c* et sans *s*) Catelain dans *Kœnigsmark.* » Ah *Kœnigsmark* ! Le scénariste avait pris quelque liberté avec le roman de Pierre Benoit. Au dénouement, Jaque-Catelain découvrait un squelette sous le cœur d'une cheminée et le méchant Jean Fleury mourait de dépit (la scène était interminable) en se piquant la main à l'aide de la plume empoisonnée qui lui avait permis de se débarrasser de son cousin, père de la belle Aurore de Lautenbourg. Et comme une dame de si haut parage ne pouvait décemment épouser un instituteur français, Jaque-Catelain était tué à la guerre de 1914. La dernière image du film tenait du sublime : la belle Aurore venait déposer une gerbe sur la tombe du Soldat inconnu et sa pensée profonde était transmise sur l'écran, encadrée de dorure : « C'est peut-être lui ! »

D'autres plus proches de mon âme d'enfant retinrent plus longtemps mon attention. *Surcouf* avec Jean Angelo ; *Mandrin* avec Romuald Joubé. Mais ma *Joconde* à moi dans cette galerie d'images c'était : *Le Bossu ou le petit Parisien.* Ah celui-là ! Je l'avais vu trois fois déjà et tout me portait à croire que ce ne serait pas la dernière. Ce Paul Féval, que je ne lus jamais de ma vie, avait fait mouche pour toujours dans mon cœur. Les remparts de Caylus qui abritent Aurore de Nevers, ce seront mes remparts d'Ilion et Aurore sera Hélène de Sparte car il n'est de chef-d'œuvre que celui qui se forme par osmose dans la conscience d'un enfant de sept ans et peu importe le support, le déclic suffit. Chacun se fait *L'Iliade* qu'il peut.

Mais voici que la sonnette tinte. *Le Bossu*, c'est le passé. Je me détourne de ces affiches. En courant je regagne ma place entre mon père rasé de frais et ma mère discrètement poudrée. Ce soir on donne *Belphégor ou le fantôme du Louvre* avec l'incomparable René Navarre dans le rôle de Chantecoq, un cinéroman en trois époques d'Henri Desfontaines. Les grandes œuvres étaient toujours en trois époques de neuf parties. Cela nous promettait de longues délices. Nous savions que l'histoire allait dérouler ses volutes telle une fumée voluptueuse pour nous captiver le samedi suivant et encore celui d'après.

Au cinéma de mon enfance le jour était bistre, la nuit était bleue. Celui qui — le cœur battant comme le mien ce soir-là — n'a pas vu la *Victoire de Samothrace* pivoter sur son socle et révéler sous ses grandes ailes un souterrain d'un horrible bleu de méthylène et par surcroît tout tremblant (la brise gonflait la voile blanche de l'écran), celui-là ne sait pas ce qu'est le cinéma. Le fantôme du Louvre se dépêtrait hors les pulsations de tout ce bleu méphitique où le flou des images favorisait le feu de l'imagination. Il surgissait lentement, drapé d'oripeaux égyptiens, le visage couvert d'un masque d'or triangulaire où aucun éclat de regard n'offrait le moindre indice. Les mains de toute l'assistance, je vous le jure, étaient tendues vers ce masque pour l'arracher.

Hélas ! Je n'ai jamais vu la troisième et dernière époque de *Belphégor ou le fantôme du Louvre.* J'ai attrapé la rougeole le vendredi qui précédait l'ultime livraison. Tout s'est accompli sans moi. Je n'ai jamais su quel assassin l'inspecteur Chantecoq (était-ce Chantecoq ou Chanteclair ?) allait dévoiler sous l'indicible horreur du masque et aujourd'hui encore, soixante-deux ans plus tard, cette révélation avortée manque toujours à ma représentation du monde.

Le château de Sauvan

Quand on débouche du vallon de Saint-Michel, par la montée d'Ardène bordée de chênes imposants aujourd'hui décimés par la foudre, on est frappé de stupeur devant l'étrange équilibre de ce paysage où éclatent, par tant de caprices divers de la lumière, à la fois tout le bonheur et toute la tristesse de ces terres parcimonieuses.

Lure le souligne au nord, l'étrave acérée de la Roche-Amère, dernier bastion du Luberon, annonce la plaine de la Durance invisible à son abri. On a devant soi, retranchés à la défensive contre les collines de leurs citadelles, la ville de Forcalquier et ce village de Mane où, parfois, si le vent vient du nord, on entend tinter la cloche de l'hospice.

Ces nids de pierre blanche soulignent la chaîne de Barcelonnette. Partout, les vallons sont ponctués de ces témoignages de sainteté que la reconnaissance d'y vivre a porté les hommes à bâtir : Ganagobie, Salagon, Saint-Donat. Il existe même encore un certain nombre de fermes heureuses où la volaille vit en liberté par les grands champs.

Au noyau de ce fruit, au centre de ce cirque, loin au milieu des terres, comme soustrait pour toujours au mouvement des siècles, Sauvan est tapi, blond de toutes ses pierres blondes, lumineux de toutes ses fenêtres dont chacun des petits carreaux multiplie les couchants multicolores, coquettement à demi dissimulé sous la voilette mouvante de ses grands arbres.

Le château de Sauvan a été édifié par Joseph Palamède de Forbin-Janson, mort en 1728. Ce prénom qui descend en droite ligne de *L'Iliade* où le premier qui le porta, roi d'Eubée, était compagnon d'Ulysse, ce prénom est un brevet de noblesse à lui tout seul. Quand on est provençal, on peut être fier de le rencontrer, à plusieurs reprises, dans la généalogie de ceux qui ont construit Sauvan, car même la Maison de France n'a osé l'utiliser. C'est un prénom si lourd à porter qu'il ne fera le tour du monde que sur les ailes de l'imagination : Marcel Proust en baptisera son immortel monsieur de Charlus.

Blessé grièvement à la bataille de Ramillies en 1706, où il avait perdu une jambe, c'est probablement à la suite de cette blessure (il ne pouvait plus servir, comme disait Louis XIV), que Joseph Palamède se retira en Provence. Saint-Simon écrit de lui en 1709 : « Il était depuis longtemps dans une grande piété. Vers quarante-trois ou quarante-quatre ans, il se retira en Provence, bâtit au fond de son parc un couvent de Minimes, se retira parmi eux, vivant en tout comme eux (...) Il vécut dans une grande solitude, tout occupé de prières et de bonnes œuvres et vécut saintement près de vingt ans de la sorte et mourut fort saintement aussi[1]. »

Ceci se passait à Mane, à un quart de lieue de l'emplacement actuel de Sauvan, et le couvent de Minimes dont il est question est toujours debout.

Quand on étudie un peu, à travers le voile pudique de l'histoire, la personnalité des membres de la famille Forbin-Janson, on s'aperçoit qu'ils avaient un dénominateur commun : l'amour de la terre où ils étaient nés.

Il n'est donc pas étonnant que ce marquis ait eu envie d'y bâtir un château. Et on peut imaginer que la vieille citadelle où vivait saintement

1. Joseph Palamède ne construisit pas le couvent des Minimes. Celui-ci existait depuis 1609. Il avait été édifié par Melchior de Forbin-Janson.

son aîné, et dont les ruines dominent toujours le village, ne l'ait pas tenté à imiter. Elle devait être sombre et malcommode.

Le commandeur de Forbin, lui, est né et a grandi au siècle des Lumières. Lorsqu'il fait dresser les plans de Sauvan par J.-B. Franque, architecte aixois, nous sommes en 1719. Louis XIV est mort depuis quatre ans. À la tête de l'État règne l'homme le plus intelligent de son siècle : Philippe, duc d'Orléans, régent de France. Toute la philosophie heureuse et légère de cette période lumineuse est condensée entre les murs blonds de Sauvan. Il fallait posséder une personnalité hors du commun pour implanter en ce lieu provençal, comme si c'eût été en Île-de-France, un château éclairé par plus de cinquante fenêtres ; en un site où la transparence de l'air rend éblouissants les soirs et les matins et torride la réverbération des étés. Aucun autre château de ce type n'existe en Provence. Il est l'émanation d'une volonté précise et délibérée obéissant à des mobiles secrets. En l'absence de toute documentation sérieuse, il est toutefois interdit d'en imaginer plus[1].

On nous dit cependant que le château

1. On verra un jour qu'en dépit des vigoureux sarcasmes d'un historien qui me conteste le droit d'inventer, j'en ai pourtant imaginé beaucoup plus.

demeurera inachevé, la fortune du commandeur ayant tari, et que de nombreuses croisées furent simplement dessinées sur les murs, en trompe l'œil. Mais justement d'où venait cette fortune ? Tous ces nobles de terres pauvres, s'ils étaient riches d'armoiries, vivaient chichement, d'expédients souvent, se chauffaient peu, avaient des haridelles pour chevaux, mangeaient des restes de la table du roi. Ne pouvant travailler, contraints d'acheter leur régiment et tous les falbalas d'une cour ruineuse où il fallait paraître coûte que coûte, ils étaient le plus souvent entre les mains des usuriers et des notaires.

Cependant, en 1719, le système de Law bat son plein. Le commandeur a pu en bénéficier et en profiter judicieusement pour faire un placement dans la pierre. Il a pu aussi, et c'est le plus probable, hériter d'une partie des biens de son oncle. Car le plus illustre membre de la famille, Gaspard de Forbin, aumônier du roi, vient de s'éteindre en 1713 à quatre-vingt-trois ans. Le temps de terminer les procès et de rentrer en possession de l'héritage, six ans ne sont pas de trop à cette époque où les notaires n'étaient pas plus rapides qu'aujourd'hui.

Il serait également intéressant de savoir pourquoi ce Forbin-Janson fit construire Sauvan avec tant de soin et d'amour pour ne jamais l'habiter. Sans doute existe-t-il une correspondance enfouie en quelque grenier où il serait passionnant de pouvoir se pencher. De même, on ignore à peu près tout de ce J.-B. Franque qui se contenta de dessiner les plans et d'en confier la réalisation à un certain Rollin, qu'on dit être son élève et qui paraissait avoir des difficultés de main-d'œuvre.

« Cette semaine, écrit ce maître d'œuvre, nous achevons le socle dans toute l'étendue du bâtiment. Le nombre des tailleurs de pierre ne suffit pas à deux poseurs, quoiqu'ils soient douze bons et mauvais. (En vendange on se sert de tous paniers.) S'il pouvait nous en venir, ils seraient les bienvenus. Nous avons écrit à Montpellier. S'il nous en vient, ils auront ordre de nous faire la révérence. »

On ne nous dit pas non plus, en dépit de la peste qui éclata en 1720 et qui ne semble pas avoir trop arrêté les travaux, on ne nous dit pas à quelle époque le château fut plus ou moins achevé ou, en tout cas, habitable.

Je pense à la première femme — car il y eut sûrement une femme — pour qui l'on ouvrit pour la première fois portes et fenêtres de cette maison du bonheur. Je pense à ses exclamations de joie. Car ce qu'il y a de plus mystérieux en des lieux historiques comme Sauvan, ce sont justement toutes ces voix qui se sont croisées, toutes ces paroles joyeuses ou irréparables qui s'y sont prononcées. Les murailles et les ébrasures des fenêtres les ont enregistrées. Leurs chuchotements, leurs gémissements frémissent encore sous les courants d'air des tentures et des ciels de lit.

L'historien saute allégrement de 1720 à la Révolution (soit soixante-dix ans), peut-être parce qu'il n'en sait pas davantage, peut-être parce qu'il préfère passer sous silence. En revanche, la période révolutionnaire et l'Empire sont riches d'événements tragiques ou cornéliens. Toutefois, ils demeurent voilés.

On nous dit que le 2 Floréal an II, les frères Magnan achètent Sauvan qui a été enlevé aux Forbin-Janson et s'y installent. Qui sont ces frères Magnan ? On dit que les biens nationaux se vendaient une bouchée de pain. Voire... À lire les professions de ceux qui les achetaient : avocats, commerçants, négociants, banquiers, notaires surtout, on sent bien que ces affaires n'étaient pas à portée du bas peuple.

On dit aussi que cette occupation ne dura guère et qu'« ils furent contraints, le 20 Thermidor an IV de revendre le château à ses légitimes propriétaires ». Comment cela fut-il possible en pleine révolution ? Les murs de Sauvan en gardent le secret. Comme ils gardent celui de la châtelaine d'alors, la marquise (princesse de rang étranger) de Galléan. Cette femme de cœur s'offrit à remplacer Marie-Antoinette dans sa prison, ce que celle-ci refusa avec hauteur.

Qui était la marquise de Galléan ? Par quels arguments, par quelles subtilités, par quelle connaissance profonde de l'âme humaine réussit-elle à chasser les frères Magnan, qui ne devaient pas être des tendres, hors de ces salons à colonnes de pierre, hors de ces immenses corridors où je les vois très bien écoutant décroître le bruit de leurs pas en jouant au Roi-Soleil ?

Cette marquise, je l'avoue, me paraît être beaucoup plus en harmonie avec Sauvan que son constructeur ou ses descendants indirects. Je pense qu'elle seule a dû l'aimer assez, à l'égal d'une reine de France, pour risquer une seconde fois sa vie en venant le disputer aux ordres de la Convention.

Mais je vous ai promis une situation cornélienne, à l'ombre de Sauvan, la voici : la marquise a deux fils. (Il est remarquable de constater qu'en aucun lieu on ne parle d'un quelconque mari. Il faut bien pourtant qu'il y en ait eu un puisque c'était lui le descendant des Forbin-Janson.) Or donc, de ces deux fils, l'un, le cadet, Charles-Auguste, mourra évêque de Nancy. « Dès 1809, il se montra, nous dit l'historien du château, l'un des adversaires les plus violents de Napoléon et, à la Restauration, l'un des plus exaltés partisans de Louis XVIII. »

C'est tout ce que l'historien nous en dit. Il est beaucoup plus prolixe en ce qui concerne l'aîné des Forbin-Janson. Celui-ci se prénommait Palamède. Ce Palamède de Forbin-Janson, l'historien ne nous dit pas s'il fut colonel de hussards. Je l'en soupçonne cependant. Je le vois chevauchant vers Sauvan après Waterloo, le sabre encore noir de sang séché, le dolman à brandebourgs maculé de poudre, les crevés des manches lacérés de coups d'estoc, la moustache roussie par la chaleur des boulets enchaînés qui l'ont frôlé sans l'atteindre, comme il convient à tout héros romantique.

Il revient à Sauvan l'oreille basse car ce Palamède est tombé amoureux fou du caporal corse au destin fulgurant et qui vient de secouer l'Europe comme un prunier pour en faire choir tous les anciens maîtres.

Ce Palamède est sûr de son fait. À ceux qui le traduiront devant la chambre ultra-royaliste de la Restauration, il opposera son droit au libre choix entre plusieurs suzerains par cette phrase cinglante : « ... ce n'est pas à l'auguste Maison de France que nous sommes redevables de la qualité de gentilhomme, nous la possédions avant d'être ses sujets. »

Or donc voici ce héros : il a traversé en vain, sabre au clair, les lignes de la Sainte Alliance pour aller houspiller, d'ordre de l'empereur,

Grouchy qui caresse son menton en galoche, ne sachant où son intérêt doit le déterminer : marcher au canon ou, au contraire, « demeurer en repos dans sa chambre » selon le conseil de Pascal.

Palamède échouera dans sa mission mais la gloire lui en restera acquise.

Le voici au pied des terrasses de Sauvan. Les jets d'eau imitent le bruit de la pluie. Le vent secoue les grands arbres qui n'ont pas encore cent ans. Été 1815. L'aîné des Forbin-Janson vient rencontrer son cadet : pour se justifier ? Pour traiter d'affaires de famille ? Nous ne le saurons que si des archives jalousement celées nous en font part un jour ou l'autre. Et j'aimerais assez que, pour relever quelque inexactitude dans mon récit, quelqu'un se dressât pour nous apporter par des preuves flagrantes les éléments historiques qui nous font cruellement défaut.

Ce qui est certain c'est qu'à cette époque, ce Palamède, né en 1783 est âgé de trente-deux ans. Son frère est évêque et il a vingt-huit ans !

Ces deux hommes représentent deux idéaux qui vont être dispersés au vent de l'histoire mais pour lesquels, bientôt, emportés eux aussi, ils sont pleins de passion. L'un chargé de Dieu et de sa dévotion à un souverain podagre. L'autre est l'amant mystique d'un empereur improvisé qui va mourir bêtement, d'un ulcère à l'estomac, au milieu de la pourriture verte d'une île tropicale.

L'un a poussé la grande porte vitrée de Sauvan que vous voyez d'ici et qui coinçait peut-être déjà comme elle coince aujourd'hui encore. L'autre l'attend à la place exacte, au pied de l'escalier, où se trouve cette chaise à porteurs en cuir racorni qui servait autrefois, depuis le bord de la route, à voiturer les hôtes de marque par les fondrières du chemin, lesquelles, elles aussi, existent toujours. Et à cette place, debout et altière, attend aussi la marquise de Galléan, à peine poudrée de blanc, après avoir franchi cependant une Révolution et un Empire.

Mais qu'est-ce à dire ? À côté de ces personnages légitimes, quelqu'un vêtu de noir se tient modestement dans la pénombre. C'est le propriétaire de ces lieux : l'abbé Sollier. Comment s'est produite cette substitution ? Comment la marquise de Galléan qui a probablement risqué sa vie pour arracher Sauvan aux frères Magnan, mis en possession d'ordre de la Convention, comment cette femme, vingt-cinq ans après cet exploit, peut-elle permettre que son château passe en d'autres mains ?

J'ai relu trois fois, sans y comprendre goutte, dans le mémoire de l'historien de Sauvan, la genèse de cette dévolution de biens. La relation en est bourrée de points d'interrogation. C'est un notaire de l'Isle (sur la Sorgue ?) qui dressa l'acte en 1810. Et pourtant, en 1813 ce domaine est encore porté aux archives des Issarts comme appartenant toujours audit Palamède de Forbin.

Il appert en dernière analyse et en gros que pour des raisons financières Palamède de Forbin a vendu son château en 1810, avec la bénédiction de sa mère, à cet abbé Sollier, « issu d'une famille noble établie à Pertuis en 1648 et apparentée aux Forbin-Janson ». Ceci est probablement exact.

Saint-Simon que, par commodité, on peut accuser de partialité dans la peinture de ses immortels caractères mais non d'inexactitude dans la profonde connaissance des généalogies, Saint-Simon nous aide à retrouver la trace de cette famille par la présence dans ses *Mémoires*, en 1709, de François-Auguste de Forbin, marquis de Souliers (il s'agissait du Solliès d'aujourd'hui dans le Var). Il écrit : « Souliers, chevalier d'honneur de Madame mourut aussi. C'était un Janson fort bon homme et que madame de Maintenon envoyait quelquefois chercher les après-dîners à Marly, pour venir jouer au trictrac avec elle. » Bien entendu cela n'établit pas que cet abbé Sollier soit le descendant de ce marquis, d'où il résulterait qu'en 1810 le château de Sauvan a cessé d'appartenir aux Forbin-Janson pour devenir propriété de la famille Sollier. Il ne me convient pas de m'aventurer sur ce terrain. Seuls ceux qui sont en mesure d'établir la filiation de cet abbé Sollier de 1810 avec le marquis de Soulier de 1709 peuvent le faire[1].

Mais l'histoire de Sauvan ne se termine pas à cette occasion. Par le jeu des héritages, on peut dire qu'il « tombera en quenouille ». En effet les héritiers de l'abbé Sollier n'auront que des filles : madame de Garidel et madame Cochet de Chambaud. Ce fut celle-ci seule qui eut une postérité en la personne d'une fille encore, Marie-Rose, qui épousa en 1901 le vicomte Servan de Bezaure et laquelle, de nouveau, n'eut qu'une fille, la dernière propriétaire de cette demeure historique : madame Marie-Charlotte d'Astouand Servan de Bezaure.

Ainsi, pendant plus d'un siècle et demi ce château appartint aux Sollier ou à leurs descendantes.

Mais pour nobles qu'on soit en ces siècles troublés, on n'en supporte pas moins les vicissitudes du commun des mortels. Et Sauvan que

1. Les recherches sont possibles. Elles seraient simplement fort onéreuses.

déjà, à cause de leurs revers de fortune, les Forbin-Janson n'avaient pu terminer, Sauvan devint au fil des décennies une charge très aimée mais souvent insupportable pour ses habitants successifs. Trois guerres : 1870, 1914, 1940 ne contribuèrent pas peu à le faire traîner comme un boulet au pied par cette famille qui faisait vaillamment face à l'accumulation des réparations urgentes à entreprendre mais s'y essoufflait de plus en plus.

J'ai sous les yeux quelques photos bistre des temps heureux : toute la famille Servan de Bezaure partant en calèche pour le marché de Forcalquier, Sauvan se mirant dans sa pièce d'eau ; la promenade romantique sur cette même pièce d'eau d'une barque, chargée de filles à ombrelles. Celle-ci est même datée : château de Sauvan 11 août 1898.

Mais le bonheur des châteaux est aussi fragile que celui des hommes : quand j'ai vu Sauvan pour la première fois, il y a bien longtemps de cela, il donnait tous les signes du vieillissement et de la fatigue de vivre. Des fenêtres étaient coupées en deux et condamnées par des murs de parpaings d'où dépassait parfois le coude d'un tuyau de poêle. Des croisées entières manquaient, leurs carreaux étaient brisés ou étoilés. Les portes ne jointaient plus. La pièce d'eau hérissée de roseaux était vide et ne reflétait plus les murs dorés. Elle n'était plus qu'un œil crevé. Pourtant, le château avait été tardivement classé monument historique en 1951. Mais chacun sait que, dans ce cas, les secours de l'État sont judicieusement mesurés et en tout cas notoirement insuffisants. Sauvan était voué à la décrépitude progressive des choses inanimées qui ont cependant une âme.

Eh bien non ! Vers les années 1981, en quête de quelque tâche où atteler leur énergie et leur enthousiasme, deux jeunes gens qui passaient par là tombèrent amoureux de Sauvan, mais amoureux fou, amoureux à en perdre l'esprit, amoureux jusqu'à voir en rose les immenses difficultés qui les attendaient. Il n'importe. Ils n'eurent de cesse que Sauvan fût à eux.

Les conditions dans lesquelles ils entrèrent en possession du château fourniraient à elles seules la trame solide d'un grand roman. Mais enfin, ils l'embrassèrent, ils couchèrent en lui, ils l'eurent tout leur saoul. Ils s'appellent Jean-Claude et Robert Allibert.

Ce sont des châtelains maçons, peintres, jardiniers, décorateurs, terrassiers, élagueurs. Vous ne les rencontrerez jamais en habit de châtelain mais plutôt saupoudrés de céruse ou étoilés de plâtre. Lorsqu'on les surprend, c'est en état d'élongation à gratter un plafond ou à genoux devant une porte dorée dont ils rénovent les filets.

Ils ont curé la pièce d'eau, réparé les fentes du bassin, remis le circuit d'alimentation en état. De nouveau, et il doit dire merci à chaque jour qui passe, le château peut se mirer dans son bassin et constater que non seulement il n'a pas vieilli mais encore qu'il lui est poussé des fenêtres nouvelles qu'il ne croyait pas avoir lorsqu'il fut mal achevé.

Hélas, chaque fenêtre qu'on livre de nouveau à la lumière coûte plus de trois millions de centimes. Les huisseries sont hors de prix, ainsi que les parquets à refaire. Deux fois les Allibert se sont attelés pendant des semaines à la brouette et à la bétonnière. C'est ça leur vie de château !

Souvent, il fallut détruire, afin de retrouver les lignes originales de l'ensemble, les anciennes améliorations apportées aux aîtres par les occupants successifs, soit pour lutter contre le froid, soit pour d'autres légitimes raisons.

Mais l'amour ne connaît pas de limites. Et celui d'un château moins encore que celui d'un être vivant. Car les pierres ne disent jamais « merci » ni « assez ». Elles font simplement remarquer au passage que, par exemple, à l'origine, le grand escalier, au lieu de cette rampe en bois ordinaire qui le bafoue, possédait une superbe grille en dentelle de fer et qu'il serait urgent d'y pallier.

Alors, la mort dans l'âme peut-être, Jean-Claude accepte que pendant trois semaines le *barnum* du cinéma vienne piétiner les boulingrins qu'on avait eu tant de mal à rétablir dans leur antique verdure. Mais au bout du compte voici que, par enchantement, la rampe de bois disparaît et que la grille de fer forgé est rendue au vestibule, lequel lui dit grand merci.

L'ombre légère de la marquise de Galléan peut encore passer sa main fine sur cette dentelle de fer en descendant le grand escalier à peine écorné aux angles, parfois, par le cheval d'une intrépide héritière qui le forçait ainsi à la conduire à sa chambre.

C'est ainsi que, épris d'absolu, Jean-Claude et Robert ne tariront jamais leurs offrandes au pied de Sauvan qui est devenu leur dieu. Ils savent aussi tout le poids de romanesque des ombres qui les entourent, les surveillent, les approuvent.

Chaque château a son fantôme. Sauvan en a deux, paraît-il, qui devisent éternellement par les allées. Mais chut ! Ceci est du domaine des poètes, et seuls Jean-Claude et Robert qui ont rendu son âme au château de Sauvan sont en droit de les raconter un jour car un château sans âme n'a pas de fantôme.

Mon ami Laviolette

Mon ami Laviolette m'avait invité chez lui, à Piégut, village qui domine la Durance. « Les grives sont de passage, m'avait-il écrit, c'est le moment de se recueillir... »

J'y arrivai un matin d'hiver.

— Je les mange avec remords, me confia-t-il, mais comment résister au souvenir qu'elles évoquent ? À chaque bouchée de ma rôtie et dans le parfum du genièvre, les morts se lèvent, en une odeur de velours mouillé. Je retrouve mes chasseurs de famille : l'oncle Marius... mon arrière-grand-père... Eux aussi, d'ailleurs, les préféraient vivantes, mais comment se soustraire à l'attrait de ces lèques qu'ils appelaient de la « géométrie dans l'espace » ?

— J'en ai vu quelques-unes autour de Piégut. Il s'agit de ces pierres plates tenues en équilibre instable par quelques bâtonnets ?

— C'est cela. Surplombant une autre pierre

plate qu'on parsème de quelques grains de genièvre rouge. La grive goulue s'y jette en volant, bouscule le tout et la pierre debout lui tombe dessus...

L'âme agitée par une révolte bien tardive, je repoussai mon assiette, hélas aux trois quarts vide, et me tournai vers la fenêtre qui encadrait la vallée.

Mon regard errait sur les collines bistre de Venterol et de Curbans où domine le chêne et qu'éclairent seules, dans l'hiver éteint, les baies bleues des prunelles parmi les halliers clairs.

Laviolette emplissait mon verre de ce vin de Remollon aussi noir que la terre volcanique d'où il tire ses qualités.

— Peut-être, me dit Laviolette, vous demandez-vous à quoi je passe mon temps ?

— Ne m'insultez pas ! Je sais ce qu'un homme de bien peut tirer de soi-même...

— Sans doute ! Mais il y faut quelque adjuvant... J'ai les livres... La musique... J'ai des amis... Plus jeunes que moi et qui me fatiguent un peu d'ailleurs... Qui m'entraînent, quelquefois plus loin qu'il ne serait souhaitable...

Il se pencha vers moi, cligna de l'œil et posa sa main sur ma cuisse.

— Et puis, dit-il, j'ai ma Parmesane...

— Tiens donc !

— Ne vous méprenez pas : il ne s'agit pas

d'une Italienne bien en chair. C'est un tableau, au musée de Gap.

— Au musée, vous ? Je vous croyais fermé aux arts plastiques ?

— Je le croyais. À deux exceptions près cependant...

— Je me souviens : il s'agit de Bruegel l'Ancien et de Brancusi...

— Quelle mémoire vous avez !

Nos regards désenchantés s'attardaient sur les évolutions des mésanges à tête bleue qui se poursuivaient parmi les chênes. C'était, sur le fond terreux des guérets, tout ce que l'hiver des Hautes-Alpes nous offrait de vivant.

— Voyez-vous, me confia Laviolette, c'est lorsque tout ceci est privé de couleur que j'ai envie de la voir. C'est une toute jeune femme qui vient probablement de recevoir quelque aveu et qui dissimule son trouble sous l'abri d'un bouquet de violettes de Parme...

Je m'exclamai :

— Mais comment ! Mais c'est *La Poverella* de Reno que vous me décrivez là ! N'y a-t-il pas derrière elle tout un jardin de cloître ruiné ? Elle est au musée de Parme.

— Elle est effectivement debout devant un cloître ruiné, riche de fleurs, de pierres et d'herbes folles. Et elle devrait être, c'est certain, au musée de Parme. Mais moi, ce que j'en connais n'est guère qu'une copie qui figure au musée de Gap... Lequel, d'ailleurs, ne recèle que des reproductions d'œuvres mineures.

— Il me semble en effet, il y a longtemps, y avoir discerné une *Désolation aux Océanides* assez ténébreuse...

— Eh bien justement... *La Poverella* est au pied, à droite, toute modeste, de cette grandiose *Désolation.* Et c'est là, il y a deux ans, que l'on découvrit le corps du conservateur... C'était un jour d'hiver, comme aujourd'hui... J'usais ma carrière à Gap, dans la Sûreté nationale. On m'appela. La victime avait eu le crâne défoncé par un instrument contondant qu'on identifia, à l'autopsie, pour un démonte-pneu, mais qui ne fut jamais retrouvé... Elle était allongée à plat ventre et n'était pas morte sur le coup. Elle s'était traînée en direction du mur d'appui. Et, curieusement, le bras du conservateur s'était tendu dans le prolongement de sa tête, en un ultime effort, eût-on dit. Son index désignait un point, malheureusement imprécis, sur la cimaise, à mi-chemin entre cette fameuse *Désolation* et *La Poverella...*

— Ce bras s'était peut-être déplacé dans les convulsions de la mort...

— Sans doute. Mais je n'y prêtai guère attention. À vous dire la vérité, la seule sensation vive qu'il me resta de ce matin-là, ce fut ma rencontre avec *La Poverella...* Le coup de foudre !

— Mais... vos émotions mises à part... avez-vous découvert le coupable ?

— Ce fut un meurtre bizarre. Sans mobile. Une porte avait été forcée, probablement avec l'arme du crime. Le conservateur vivait seul. Il menait une vie tranquille. On conjectura — car il était en robe de chambre — qu'entendant du bruit, il avait surpris ses agresseurs en train de... En train de quoi, au juste ? Rien, absolument rien n'avait été emporté ni même dérangé. Tous les tableaux étaient là. Dans les collections, il ne manquait pas une fibule, pas un fossile, pas une lampe votive...

— Le conservateur les aurait donc surpris avant le vol et...

— Improbable. L'effraction méticuleuse était le fait de professionnels. Ils n'auraient pas paniqué devant un cadavre. Non. Ils étaient venus dans un dessein bien précis, mais lequel ?

— Vous ne l'avez jamais découvert ?

— Ne soyez pas si impatient... Je disposais de deux indices infimes : le cadavre désignant la cimaise du doigt et, sur le revers de sa robe de chambre, un frison...

— C'est-à-dire un de ces copeaux utilisés pour emballer les objets fragiles ?

— Précisément. Notez bien, il existait un

autre indice : à cent cinquante mètres du musée, dans la boue d'un terrain vague, les traces de roues d'un camion énorme... Mais qui aurait songé à un camion ?

— Puisqu'ils n'avaient rien emporté...

— Apparemment non. Mais... Avant de vous raconter la fin, allons, voulez-vous, jusqu'au musée de Gap. Vous qui êtes un amateur éclairé, peut-être me direz-vous...

Il conduisait lentement. Il parlait aussi comme pour lui-même.

— Comment distinguer, disait-il, entre un remords et un regret ? J'y suis retourné peut-être trente fois depuis, devant cette *Poverella*...

— Mais pourquoi parlez-vous de remords ?

— C'est tout nouveau. Il y a quelques mois, vous m'auriez trouvé guilleret... Mais au printemps dernier, il s'est passé dans nos vallées des choses assez terribles... Oh, nous avons l'habitude ! Mais enfin là, ce fut assez exceptionnel... Un hiver très dur... Des chutes de neige anormales. L'Équipement était débordé... Et soudain vers le 15 mars, tout s'est mis à fondre, ensemble ! Sous des trombes d'eau... Il faisait plus de quatorze degrés à deux mille mètres. Vous voyez ça d'ici ? Non. Vous ne pouvez pas. Ça fait un vacarme effrayant. Dans les villages, on ne s'entend plus parler... Des ponts sont emportés... Ce n'est plus de l'eau qui coule, c'est du béton liquide qui saute les cascades et roule au fond des torrents. Et quand cette masse s'attaque à nos routes fragiles, elle n'en laisse plus que des festons... Or, par une de ces nuits, un camion italien descendait de Larche vers Barcelonnette. Dans la pluie, le brouillard, le vacarme du torrent, malgré ses six paires de phares, la chaussée lui manqua soudain devant les roues. Il s'abîma corps et bien dans l'Ubayette, laquelle, à cet instant, devait jauger ses huit mètres de creux... On ne put le sortir de là que trois jours après.

« Les corps des deux convoyeurs étaient écrasés sous six mètres cubes d'agrégats qui s'étaient déversés sur eux, par les vitres brisées de la cabine. Ce drame s'inscrivait parmi bien d'autres, cette nuit-là, mais il était le plus tragique... Je le déplorai avec le plus grand calme, bien à l'abri devant mon âtre et mon journal étalé... Seulement, trois jours après, je reçus un choc. Dans le quotidien sur trois colonnes, je lus ce titre : "*La Poverella,* volée à Parme l'an passé, retrouvée dans le lit de l'Ubayette."

— Attendez ! m'exclamai-je. Effectivement, je me souviens de ce vol. On en parla pendant quinze jours de suite...

— Eh bien moi, je l'avais oublié... Ou je ne l'avais jamais su... Ça s'était passé en Italie, hors de mon orbite, pour un tableau qui m'était alors indifférent. Ma rencontre avec *La Poverella* ne se produisit que quelque temps après ce vol, lors du meurtre du conservateur. Mais alors, dès l'instant où je lus cette nouvelle, je courus jusqu'à Barcelonnette où j'avais gardé de bonnes relations avec le capitaine de gendarmerie. J'étais soulevé d'enthousiasme à l'idée de contempler l'original de mon coup de foudre... Je trouvai la caserne en révolution. Pas moins de six experts, trois français, trois italiens, examinaient en se lamentant un cadre somptueux quoique très abîmé, mais tragiquement vide... Le capitaine m'expliqua qu'on l'avait découvert empalé sur un quartier de roc, au milieu du torrent, à cent mètres en aval du camion italien. Les premiers jours, on avait bien aperçu des lambeaux de toile qui y adhéraient encore, mais la fureur du courant avait interdit toute approche pendant une semaine. Quand on put enfin la récupérer, il ne restait plus que le cadre nu. L'écume, le vent, le froid, les agrégats projetés qui parfois s'écrasaient sur le roc, avaient tout emporté. Seul garant de l'authenticité de la toile, la nature du cadre et la plaque de cuivre scellée où se lisait cette inscription :

« 1526 – RENO – La Poverella »

— Quel horrible destin que ce chef-d'œuvre finissant au ruisseau !

— C'était affreux pour moi qui l'aimais, même en reproduction. Je regardais fixement ce cadre vide comme le cadavre d'un ami. J'éprouvais le même désespoir que les experts réunis là.

— C'était donc le camion italien qui transportait le tableau ?

— Oui. Le capitaine m'expliqua que les convoyeurs étaient deux repris de justice, identifiés comme tels grâce à leurs empreintes. On avait retrouvé leurs traces dans un fenil de la montagne, au-dessus de Larche où, tout de suite après le vol, on supposa qu'ils avaient dû dissimuler le tableau et où, selon toute vraisemblance, ils venaient de le récupérer, juste avant de mourir, eux... Et *La Poverella*.

— Consolez-vous : il vous reste cette copie.

Il hocha la tête dubitativement.

— Oui, il me reste..., dit-il. Il me reste...

Il venait d'arrêter la voiture devant le musée.

Il me prit par le bras avant d'entrer et me chuchota :

— Quelles que soient vos émotions, surtout maîtrisez-les...

À travers ce musée de province, empreint de dignité dans sa modestie, il me guida vers la cimaise qui le passionnait. Et alors, tout de suite, parmi la grisaille ambiante de toiles estimables, je vis s'ouvrir, comme une fenêtre sur le ciel bleu, la lumière d'un chef-d'œuvre.

Je faillis m'exclamer ou tomber à genoux comme devant une résurrection. Je me souvins à temps de ce que Laviolette m'avait recommandé. Les quelques visiteurs nez au vent ou penchés sur les vitrines ne surent rien du brusque désarroi de mon esprit. Je tirai par le bras Laviolette loin d'eux.

— Que signifie ? lui dis-je alors à voix basse. Quelle est cette mystification ? C'est l'original du tableau qui est là, devant nous ! Cette lumière joyeuse captée par Reno, personne n'a pu la reproduire ! Ni saisir ce regard dissimulé ! Pas plus que séparer par un rayon de soleil ces brins d'herbe et ces fleurs des champs parmi le cloître écroulé ! Reproduction ? Que me chantez-vous là ? C'est la vraie *Poverella*, telle que je l'ai vue, dans ma jeunesse, plus de dix fois au musée de Parme !

Je le contemplai avec insistance, soupçonneusement. Il me regarda droit dans les yeux.

— N'est-ce pas ? dit-il. Il me semblait bien aussi que je n'aurais pu tomber amoureux d'une simple copie...

Il m'entraîna au-dehors et c'est seulement dans la voiture, en regagnant Piégut, qu'il parla.

— Si vous avez raison, dit-il, et tout me porte à le croire, la clé du mystère se trouve au fond du lit de l'Ubayette, mais nous pouvons tenter de nous en passer. À mon avis, les deux repris de justice italiens morts noyés sont les meurtriers du conservateur assassiné voici deux ans. Il les a surpris devant *La Poverella* alors qu'ils venaient de remplacer dans son cadre la copie par l'original. Voici pourquoi son index tendu a tenté désespérément de nous désigner la toile. Quel merveilleux endroit, croyez-vous, pour dissimuler un tableau volé, que la cimaise d'un musée qui en abritait une copie conforme ? On substitue alors l'un à l'autre et, quand l'émotion est calmée, on revient avec la copie planquée quelque part, on pénètre à nouveau dans le musée et on renouvelle l'opération en sens inverse. Il ne reste plus qu'à accepter le rendez-vous du pétrolier vénézuélien ou de l'émir arabe qui convoitait le tableau...

— Cette explication, dis-je, vous ne venez pas de la forger à l'instant...

— Je vous ai fait venir pour en avoir confirmation.

— Mais alors... Depuis huit mois vous savez ? Et vous avez gardé le silence ?

Il s'appliqua sur un virage difficile avant de répondre :

— Justice est faite, dit-il. Les corps des meurtriers ont été rendus à leur famille. Jamais un jury ne les aurait si radicalement punis. Le conservateur est vengé.

— Mais le tableau... Mais le musée de Parme...

— C'est loin, Parme... Vous me voyez couvrir six cents kilomètres pour admirer un chef-d'œuvre dont je suis tombé amoureux ? Oh, je sais bien que c'est un rêve ! Un jour quelque expert en vacance, par temps de pluie pénétrera dans ce musée pour s'esbaudir et il découvrira le pot aux roses...

— Mais le nouveau conservateur ? Il doit bien...

— Nous nous retrouvons parfois, devant *La Poverella.* Un jour même, il m'a adressé la parole : « Quelle remarquable copie, m'a-t-il dit, ne trouvez-vous pas ? Heureusement qu'elle nous reste. » Et nos regards ont évité de se rencontrer.

Pourquoi j'ai écrit
La Folie Forcalquier

Les auteurs d'aujourd'hui écrivent des livres de professeur. Mon ambition inavouable a toujours été d'écrire un livre d'instituteur. Je m'y efforce depuis l'enfance. J'imagine que les plus belles histoires auraient dû être racontées par ce personnage sans visage dans la peau duquel je me glisse : l'instit au premier étage de son école à la Jules Ferry (construite à dix mille exemplaires identiques), quand les clameurs de ses élèves se sont éparpillées en octobre, au vent de quatre heures du soir, sous le préau poussiéreux, dans un grand envol de feuilles mortes. J'aurais voulu, tel que lui, tremper mon porte-plume à bec sergent-major dans un encrier d'encre violette Baignol & Farjon afin de commencer l'une de ces interminables chroniques de la vie et de la mort que nous morcelons sous le nom de roman. C'est donc dans cette situation que je m'imagine avant chaque départ : l'école vide au-dessous de moi, une table ronde de cuisine à toile cirée à carreaux rouges et blancs, le poêle qui ronfle dans mon dos et moi qui écris : il était une fois...

Rien n'est plus important pour entretenir l'égoïsme qu'un bon poêle qui ronfle dans le silence, accompagné si possible par l'adjuvant d'une bouilloire qui chuinte tout bas. L'égoïsme consistant à vidanger hors de soi toutes les propositions de la vie afin de n'être plus disponible que pour celles qu'on va tirer du néant.

Il va sans dire que je n'ai jamais pu réunir autour de moi tous ces éléments de confort : instit, encre Baignol & Farjon, poêle qui ronfle et bouilloire qui chuinte. Seule la toile cirée quelquefois... mais je n'ai jamais cessé d'entendre au-dehors le bruit du vent jouer parmi les orgues des grands préaux.

Ce leitmotiv m'a toujours été nécessaire pour faire vivre le pays bas-alpin (le seul qui me soit connu), grâce à quelques personnages enracinés dans le terroir. À l'aide de ces derniers, j'ai pu inlassablement me complaire parmi mes paysages choisis, même s'il s'agit d'une seule glycine qui encadre une lucarne ou du profil d'un vieil homme égrenant de vieux griefs, assis sur un vieux banc.

Je suis un contemplatif que l'activité ordinaire du monde gêne, importune ou terrifie. J'ai toujours besoin de l'oublier. Je suis avidement en quête d'histoires où l'actualité soit tenue à telle distance que l'aiguillon de sa réalité en soit enfin neutralisé, désamorcé, et qu'ayant subi l'érosion du temps il soit enfin réduit à son seul bénéfice pour l'espèce humaine : fournir d'inépuisables mines aux raconteurs d'histoires.

Ainsi y avait-il longtemps que j'auscultais Forcalquier et ses gens mais c'étaient gens d'autrefois, c'était un Forcalquier mythique et j'avais envie — puisque le point de vue de Sirius m'était interdit — de me caler simplement entre les entretoises qui soutiennent les cloches et, de là-haut, voir grouiller à mes pieds un grand concours de peuple dont je distinguerais la gesticulation mais sans percevoir les paroles, de sorte que je pourrais les imaginer.

Il y avait longtemps que je hantais en mémoire les bois de Carniol (un endroit de toute beauté) pour en faire le cadre principal d'un drame navrant ; que je tissais des chemins pour quadriller les mystères de Lure, cette montagne qui est ici notre principal orient. J'y suis souvent, dans le silence, aux aguets du moindre souffle qui froisse l'air, avide d'exclamations ou de cris, d'appels que se jettent les chercheurs de champignons soudain inquiétés par la solitude et que je prends pour le commentaire d'un grand drame.

Enfin, au-dessus de la plaine de Mane, il m'a été fait le cadeau d'un château dont je ne suis pas propriétaire mais que je modèle à ma guise. Il s'appelle Sauvan dans la réalité mais je l'ai baptisé de plusieurs autres noms et je l'ai embelli de jardins qui tantôt sont anglais et tantôt à la française. Je lui ai ajouté ou retranché des jets d'eau, j'ai arrondi son bassin qui forme en réalité un superbe rectangle, je l'ai assombri d'un tombeau en plein champ, j'ai esquissé sous les voûtes de ses caves une empreinte énigmatique dont j'ignore encore si elle sera le départ d'une nouvelle histoire. Mais je n'ai eu besoin de rien changer à son grand escalier ni à ses soixante fenêtres, non plus qu'aux arbres hauts de trente mètres qui mugissent autour de lui quand se désordonne l'hiver. N'en doutez pas : quand j'ai décrit la grande scène sur les degrés du perron où Aigremoine descend résolument les marches à la rencontre de son père pour le tuer, c'était au bruissement de ces arbres qui encensaient la toiture du château que j'étais le plus attentif bien que je n'en aie pas parlé. Sauvan est une œuvre d'art que je ne me lasse pas de ciseler avec des mots.

Le supplice de l'écrivain c'est de ne pas pouvoir s'attarder. Il est victime du temps qu'il crée. Ainsi, espérant m'y réjouir tout mon saoul, m'étais-je invité à cette ortolanerie du comte dont le fumet dut perdurer jusqu'aux chambres les plus historiques durant des semaines et des mois.

Ainsi cette fête tragique, encore aujourd'hui je regrette d'en avoir pris congé si vite. Il s'y affrontait tant de caractères pointilleux sur l'art du faire accroire, de dissimuler tant d'appétits sous tant de paroles sans rapport avec les véritables passions. Pour ma part, aujourd'hui encore j'éprouve le regret de m'être arraché à la contemplation d'Évangeline, d'Aigremoine, de Roseline et même de cette maîtresse du comte dont je n'ai jamais fini de balancer si j'allais l'inventer belle ou laide, stupide ou intelligente, fade ou excitante. J'ai dû détourner mon regard et ça doit se deviner, de ces femmes hardies, aux ardents décolletés. J'ai dû les abandonner la mort dans l'âme sans même pouvoir achever leur destin au débouché de tant de pages.

Mais avais-je le loisir de m'attarder ? Un héros me pressait impatiemment, ne souffrait pas que je le lâche pour de banales comparses. Et sans héros que devient un roman ?

Cet homme était réel ; je ne l'ai pas inventé. Le destin me le tenait en réserve depuis mon enfance comme une grand-mère place cinq francs à la Caisse d'Épargne sur le livret d'un bambin. À peine son nom différait-il de celui dont je l'affuble.

Cet homme, lorsque j'avais quatre ans, venait gesticuler chez mon grand-père quelquefois le soir. On disait qu'il était herboriste. Ce mot, totalement absent de mon vocabulaire, constituait déjà une énigme à lui tout seul, mais en outre le personnage apportait à mon grand-père de la racine de gentiane dont celui-ci buvait chaque matin une décoction à laquelle il ajoutait cinquante grains de blé germés depuis trois jours. Quand on déposait ces racines, sommairement pliées dans deux ou trois pages du *Petit Provençal* (le journal du cru), sur la table à toile cirée, le papier s'écartait, se dépliait. Apparaissaient alors quelques gras tubercules encore englués dans la terre de Lure. Ils figuraient assez bien des phalanges de doigt humain, poilues et grossières. (C'est du moins ainsi qu'ils m'apparaissaient.)

Quand il entrait, ce personnage, en criant « oh la maison ! » et sans avoir frappé, je plongeais dans mon refuge favori. C'était le bas d'un pétrin à deux portes où je tenais commodément allongé, un œil vissé sur la fissure du vieux bois où la mortaise s'était écartée du tenon. Ma grand-mère m'avait appris déjà qu'on ne dévisage pas un visiteur, qu'on ne le regarde pas fixement, à plus forte raison qu'on ne porte pas sur lui un jugement quelconque même si c'est seulement dans son for intérieur. Elle n'exprimait naturellement pas cette défense avec ces mots mais c'était bien la substance de sa leçon.

Quand de falotes personnes défilaient devant mon regard, je parvenais sans peine à baisser pudiquement les yeux mais l'herboriste était d'autre nature et, dans mon pétrin où j'entrais sous prétexte de peur, ma propension à l'espionnage (que d'aucuns nomment sens de l'observation) s'en donnait à cœur joie. De plus, cette fissure était un véritable objectif : elle écartait l'accessoire pour me permettre de focaliser sur l'essentiel.

Cet homme avait de grands bras, de longues jambes. Il ne marchait pas. Il arpentait. Dans cette cuisine longue et large d'à peine cinq à sept mètres, il occupait tout l'espace à la fois, ne s'arrêtant jamais, ne se posant jamais, bien que ma grand-mère lui eût avancé une chaise.

Il était vêtu de madapolan noir éclairé de manchettes et d'un col en celluloïd. On ne savait si c'était un notaire, un instituteur ou quelque bureaucrate. Cet aspect mal défini, on avait l'impression qu'il l'utilisait à quelque fin dont naturellement je ne pouvais connaître l'objet.

Son étonnante maigreur m'était un sujet

d'alarme tant on m'avait habitué très tôt (mon grand-père pesait 105 kilos) à confondre maigreur et mauvaise santé. Or cet homme était maigre et il était gaillard comme un Turc. J'étudiais ses méplats accusés, son nez fort, ses sourcils en bataille. Parfois son regard traversait en un éclair, droit sur moi, la fissure du pétrin et je recevais cet éclat, froid, attentif, à mille lieues de ce que ce personnage gesticulant avançait en paroles péremptoires pour se faire bien voir.

Et soudain il partait. Il était là l'instant auparavant et tout d'un coup, pour ainsi dire, il s'escamotait. Jusque-là, il avait occupé de sa forme tangible tout le terrain disponible jusqu'au plafond sous lequel il se voûtait un peu afin de donner à croire qu'il était plus long qu'il n'y paraissait.

Alors l'espace libre qu'il avait laissé vacant s'emplissait du sillage d'odeur des collines que l'herboriste abandonnait derrière lui. Même ce remugle du lignite bitumeux que nous brûlions dans le fourneau était mis en déroute par ces fragrances et s'y délayait. C'était l'odeur de toutes les plantes du pays et de toutes ses terres. À soixante-dix ans de distance, ce parfum, je le respire encore. Il m'a guidé parmi les méandres de cette histoire comme un fil conducteur.

J'avais donc Forcalquier à mes pieds, puisque j'avais décidé de le considérer depuis la tour de l'horloge. J'avais les bois de Carniol, Lure, l'ermitage et son angélique desservant. J'avais Sauvan à modeler à ma guise. J'avais cet adorable village de Montbrun-les-Bains que je me gardai bien d'aller connaître afin de pouvoir l'inventer tout mon saoul. J'avais ces inoubliables femmes, issues de mes seuls fantasmes et dont je n'ai jamais rencontré l'équivalent. J'avais ce personnage sorti de mon enfance tout armé et qui plastronnait devant moi, avide que je le ressuscite, car c'est là sans doute le privilège le plus exorbitant accordé au romancier : le pouvoir de faire revivre dans tous les détails, avec leur parole, l'intonation qu'on n'a pas oubliée, avec leurs tics, avec leurs ruses et leurs bons et mauvais penchants, des êtres qui sont en poussière depuis un demi-siècle.

Il me manquait le départ. J'étais comme un chien de chasse patient qui capte sous son flair quelque semblant de piste encore inconsistante : sceptique et plein d'espoir mais pas trop angoissé, sachant que ce départ était déjà en moi quoique sans forme, quoique sans contours mais tournant inlassablement parmi les spirales de mon cerveau, énigmatique, agaçant, insaisissable. C'est pendant ces périodes-là que les relations avec l'environnement s'opacifient entre l'écrivain et son entourage innocent et que celui-ci en prend, comme on dit, un vieux coup. On ne sait pas combien de jours cet état durera. Il n'est pas temps ici d'épiloguer sur cette étrange sensation. Sa fin n'est jamais promise, ce n'est pas un jaillissement, ce n'est pas un éclair — fût-ce de génie —, c'est plutôt une apparition qui ne s'est annoncée par aucun signe. (« Tu vois, j'étais là tout ce temps et tu ne m'avais seulement pas vue. »)

Pour moi et pour ce livre ce fut sans crier gare alors que mon souvenir battait le rappel des Basses-Alpes, cherchant à quoi s'en prendre. Un beau matin ou un beau soir ou une belle nuit, je vis le pont de la Reine-Jeanne offert sans défense à ma boulimie imaginative.

Ce pont de la Reine-Jeanne, enjambant le Vanson (cherchez patiemment sur la carte), commande le village de Saint-Symphorien où il n'y a plus que des noms sur les tombes du cimetière. Ce pont, conservé intact comme un vieux meuble, doit avoir plus de cinq cents ans. Il est dit de la Reine-Jeanne comme tant d'autres en Provence pour souligner son antiquité, cette reine étant elle-même un souvenir improbable.

On raconte que vers les années trente du siècle dernier, un quarteron de notables dodus qui venaient faire à Saint-Symphorien *la bonne manière* de le visiter, s'engagèrent sur ce pont dans leur toute scintillante traction avant noire et chromée. Ils crurent qu'en avançant doucement... mais ils pesaient de tout leur poids de notables sur un châssis trop bas placé sur des ressorts trop souples et le dos-d'âne (complètement absurde) était un vrai dos-d'âne et non un vain mot. Il offrait bien au sommet de sa courbe cette brusque cassure que connaissent seuls ceux qui ont eu le privilège de monter à cru un grison d'Arcadie. Ces notables y restèrent suspendus, ballant d'avant en arrière comme sur le fléau d'une balance dont ils eussent été les plateaux. En outre, le pont était trop étroit pour permettre l'ouverture des portières et le parapet arrivait presque à la hauteur de la toiture du véhicule, ce qui aurait exclu de se glisser par les vitres baissées si les personnages eussent été maigres, ce qui n'était pas le cas. Bref, ils y passèrent la nuit. Un charbonnier qui, par hasard, se rendait en forêt de Mélan les tira de là avec son cheval.

Cheval... voici le déclic. J'ai les yeux fixés sur la scène. Je vois l'animal remorquer péniblement l'automobile. Je peste contre cette situation burlesque alors que la tonalité secrète de mon âme incline tout entière vers la tragédie.

Soudain tout change en un éclair : le cheval qui me tournait le dos me fait face, la traction avant pivote sur son axe et sa noirceur se mue en corbillard. Là-haut sur son siège, maigre et sec, le phaéton fantomatique qui sort de la nuit des temps (la cuisine sombre chez mon grand-père) serre les rênes entre ses doigts de squelette et les fait claquer. Je suis debout tel un photographe devant cet attelage maléfique. Le cheval est au premier plan, énorme, avec son poitrail d'ange exterminateur. Au bout de trente pages d'anonymat, il s'appellera Cinabre parce que son premier propriétaire, un sergent-fourrier, avait entendu ce beau nom dans quelque écurie de château et celui-ci l'avait captivé parce qu'il en ignorait le sens. Je sens déjà que cette bête, par sa sagesse, sa philosophie et sa correcte définition du monde, va dominer de très haut le débat entre les comparses de cette histoire, tous bien loin de sa noblesse et de sa charité. Et s'il m'arriva, chemin faisant, de nuancer quelque peu cette certitude ce fut, n'en doutez pas, parce que les clameurs tragiques de mes personnages me commandaient de les comparer à moi plutôt qu'à Cinabre.

On m'accusera çà et là de m'être complu en certains lieux, en certaines descriptions, en certaines situations. Mais un romancier est comme le temps qui s'écoule. Quand il écrit c'est la vie qu'il fait passer et il a sur le temps cet avantage de pouvoir la tempérer comme il l'entend. Comment lui reprocher alors d'égrener trop lentement les heures où il a été si heureux ?

Somme toute, on aura compris en me lisant que j'ai écrit ce livre pour mon plaisir.

L'air qui règne ici rend les gens heureux

Vous parlerai-je de Manosque ? C'est ma ville natale. Elle a souffert de démographie galopante. Quand je suis né, la France comptait trente-cinq millions d'habitants et Manosque quatre mille âmes. Aujourd'hui, nous sommes soixante millions de Français et il y a vingt mille Manosquins. Si la population globale avait crû dans ces proportions, nous serions cent cinquante millions de Français. Ceci pour vous dire qu'à Manosque, vous vous trouverez ici comme ailleurs... Un peu mieux peut-être si vous avez le courage d'échapper à la première impression, de dépasser la place de l'Hôtel-de-Ville et de monter vers la porte du Soubeyran. Égaillez-vous autour de cette porte Soubeyran, par les ruelles aux beaux noms. Là, vous retrouverez ma ville. La Manosque éternelle est encore tout entière dans ses hauteurs : ses greniers, ses loggias, ses chambres hautes dans les maisons fermées parce qu'elles sont à l'ombre et que les descendants des générations qui leur ont donné de l'âme sont allés vivre au soleil, hors de Manosque.

Manosque est aussi sous le goudron et les céramiques de ses rues bien propres. Sous les caves de ses maisons jalousement gardées secrètes par l'indifférence générale. Il m'a fallu attendre mes cinquante ans et un concours de circonstances pour qu'on me fasse découvrir tout un réseau de caves à ogives ou plein cintre dont les templiers avaient jointoyé les voûtes. Elles sont comme neuves, faites d'hier, sèches et sans un atome de salpêtre. Des murailles récentes (un siècle ou deux) les séparent de qui sait quelles galeries écroulées ? Et sous bien des caves encore existantes gisent des puits oubliés, avec de l'eau claire au fond...

Voici ce que je sais encore de Manosque. Oh ! Je vous inviterais bien sur mes pas, à suivre des sentiers que j'évite par peur, préférant les garder intacts dans mon souvenir. Il en existe encore un, entre la montée des Manents et le clos du Portalet, c'est la promenade du canal. Elle fait un peu montagnes russes à cause des boues que chaque année on tire du canal d'arrosage et qu'on entasse sur le sentier. Mais on y découvre toute la plaine de Manosque, toutes les montagnes de Barcelonnette, tout le plateau de Valensole, tantôt bleu, tantôt jaune.

Ce sentier est encombré de fantômes que je suis seul à voir. Je suis obligé de les déplacer quand je m'y risque, tant ils sont pressés les uns contre les autres. J'avais décidé de vous les sortir du néant. J'y renonce pour l'instant. Ils sont trop, mais... tout au bout, près du clos du Portalet, il y a un chemin qui descend. Suivez-le sur deux cents mètres. Au bord, à droite, vous verrez une belle barrière de cyprès protégeant un bassin. Je vous garantis que cet endroit n'a pas changé depuis soixante ans. À peine si les cyprès, lesquels à cette époque avaient déjà atteint leur taille normale, à peine s'ils sont un peu plus chenus... un ou deux sont en train de mourir. Cependant le bassin est toujours le même (sauf qu'on l'a agrémenté d'un banc et d'un cygne qui s'ennuie), mais il perdait déjà son eau et il la perd toujours. De sorte qu'il est à moitié plein. C'est là, au bord de ce bassin, assis tous deux les pieds dans le vide, l'un tenant un cahier, l'autre lissant sa moustache, que deux fantômes se dressent toujours devant moi. Ils sont aussi précieux à ma mémoire que ce coin de pont à Fontaine-de-Vaucluse où, paraît-il, Pétrarque croisa le regard de Laure.

J'ai quatre ans. Ma tante maigre, longue et sèche, me tient solidement par la main. En passant, elle dit : « Bonjour messieurs ! » en appuyant sur le *r* final, croyant sans doute faire plus distingué. C'est à cette circonstance, je crois, que je dois le premier grand souvenir de ma vie, c'est ce *r* que je n'ai pas l'habitude d'entendre prononcer qui me fait lever la tête vers ces messieurs. Je les vois encore, pas un cheveu de leur tête ne m'est aujourd'hui invisible. Ils sont sur le négatif de mon cerveau, indélébiles. L'un c'est le père Redortiers, propriétaire terrien, l'autre c'est Jean Giono. Je saurai, trente ans plus tard, qu'il était en train de lire à haute voix le manuscrit de *Naissance de l'Odyssée.*

Voici quels sont mes fantômes. Il ne vous sera pas difficile de les évoquer, je crois, devant ce bassin et cette haie de cyprès.

Je crois qu'à partir d'ici vous commencez à comprendre pourquoi j'aime ce pays et pourquoi nul autre ne me fait envie.

Et pourtant, je l'ai à peine effleuré. Je n'ai pas traversé la vallée. Je n'ai pas pénétré les plus profondes solitudes. Nous sommes encore, pour vous donner une idée, dans cette étroite bande qui va de Sisteron à Corbières et n'a pas plus de dix kilomètres de large. Ici, sur ces quelque cent mille hectares, vit la moitié de la population du département. Et sur les cinq cent mille restant, les soixante mille autres.

Aussi, pour aller de Manosque à Digne, nous

ne suivrons pas cette vallée trop ostensiblement prospère. Nous gagnerons Digne par le chemin des écoliers : Valensole, Riez. (Vous irez boire un coup dans ce café qui sert de marché aux truffes l'hiver. Il est imprégné, en toute saison, par cet arôme sublime.)

De Puimoisson (le pays des siffleurs, à cause des grives d'autrefois), nous gagnerons Bras-d'Asse, monterons jusqu'au vieux village, suivrons la départementale 8 qui passe à Saint-Jeannet, au vallon des Cardaïres. C'est le plateau d'Entrevennes. Là-dessus vous pouvez tourner sur vous-même sans que vos yeux rencontrent autre chose que de la beauté. Venez-y à lumière frisante ou au soleil à peine couché. Regardez de là, à votre droite, le Serre de Montdenier et Lure, derrière vous...

Mais je vous ai promis Digne et j'hésite à vous le donner. Car, à Digne aussi, on m'a supplié un doigt sur les lèvres : « Je vous en prie, ne dites pas trop en toute occasion que, ici, l'air qui règne rend les hommes heureux... »

Je ne vous parlerai pas de ces vallées au-delà de Digne, de ce prodigieux passage des Clues de Barles, parce que ces lieux sont le paysage d'un de mes romans et que, pour l'instant, je ne me les chuchote qu'à voix basse, mais vous trouverez Digne et ces vallées bien en place et vous attendant.

Je ne vous parlerai pas non plus des grandes choses de notre région : Pra-Loup et la vallée de Barcelonnette ; la citadelle de Sisteron (j'y vais toutes les années, assister au festival) ; les gorges du Verdon ; l'observatoire de Saint-Michel ; le lac de Serre-Ponçon ; Gréoux-les-Bains... tout cela, vous le trouverez dans les guides et il y a un kilomètre de littérature sur les gorges du Verdon et les menaces qui pèsent sur elles.

Un ordinateur a parfaitement compris notre nature. Il y a quelques années, on lui a fourré dans le ventre les composantes d'une étude comparative concernant les quatre-vingt-quinze départements français. Il s'agissait de les définir, d'une part, selon leur richesse et, d'autre part, selon la qualité de la vie.

Le jugement a été sans appel : pour la richesse, les Alpes-de-Haute-Provence arrivent en quatre-vingt-douzième position, juste devant l'Ariège, l'Aveyron et la Lozère. Pour la qualité de la vie, le département est en troisième position, juste derrière l'Aveyron et la Lozère. Méditez sur ces chiffres. Ils vous donneront la clef du mystère.

L'Agnès de Bourne

(Variation sur un thème de Giono)

L'Agnès de Bourne était une bergère raplote aux yeux innocents et qui mourut telle. Elle était fort pieuse, capable de susciter la Vierge aussi nettement que le fit Bernadette Soubirous. Si elle ne s'en avisa jamais, ce fut par modestie.

Je l'ai vue descendre de Bourne (quatre kilomètres) à Manosque pendant toute sa vie pour assister dès le matin à la première messe de sept heures, falote, décemment vêtue, portant chapeau en capeline ornée de quelques fleurs d'étoffe fanée et le missel culotté comme une vieille pipe serré contre elle avec le chapelet par-dessus.

Elle ne franchissait jamais le grand portail de l'église mais, ainsi que toutes les vraies dévotes de Manosque, elle se glissait par la petite porte de la rue Voland.

Elle remontait à Bourne par le raccourci de

la Thomassine qui passe le ravin sur un pont d'herbe. Elle faisait ça par pluie battante, par mistral ou sous la neige. Le passage du pont d'herbe à force de s'effriter n'était plus qu'une étroite arête de terre qu'il fallait franchir semelle après semelle, comme font les enfants qui mesurent une marelle.

Quand l'Agnès entrait dans Bourne pour aller se changer vivement et reprendre une tenue encore plus humble, ses parents étaient à peine en train de boire le café. Elle montait à sa chambre ornée d'un seul crucifix avec le seul agrément d'un pot de faïence plein d'eau fraîche sur un lavabo à fleurs d'oranger. Elle troquait sa robe de messe matinale contre un tablier noir à grand devantier et, pour ne pas se tordre les pieds, chaussait des chaussures d'homme, les seules qu'acceptait la colline.

C'était l'heure du jas, ce jas étant une bergerie voûtée et profonde. Un troupeau y gîtait attendant patiemment. Là-bas le fond de l'ombre recelait une caisse qui avait contenu autrefois des boîtes de lait Nestlé. L'emblème de la marque, un merle qui s'égosillait au bord d'un nid, se distinguait encore sur ses flancs. Cette caisse, selon la saison, était pleine à ras bord ou vide à moitié de glands ramassés à l'automne dernier. L'Agnès les avait recueillis par poignées, arrachés à la voracité du troupeau, puis elle avait rejeté les plus petits et gardé les plus beaux pour les engranger.

Personne, même pas ses parents qui ne venaient jamais jusqu'au jas, ne connaissait son secret. De ces glands, elle prenait deux poignées pas plus. Elle les enfonçait dans la poche du devantier de peur qu'ils ne se renversent, et ce geste-là elle le faisait toujours furtivement comme si elle commettait un péché.

Après, tout allait bien. Elle soulevait la clenche du porche et l'une montant sur l'autre, en un déferlement de floches et de panses ventrues, les brebis se déversaient par l'ouverture, bêlantes, affolées et ne sachant où aller.

Dès le troupeau répandu, trois chiens avertisseurs, à coups de gueule et parfois à coups de dents sournois car c'était interdit, canalisaient les bêtes dans le droit chemin. Il ne restait plus qu'à monter vers la rocaille stérile, sommet de la colline des Tourres et de celle des Ministres, couronnées par deux ruines lesquelles avaient été des fermes prospères avant que les galeries de la mine ne leur coupent les conduits mystérieux qui alimentaient leurs sources.

Bientôt on n'entendait plus que le bruit des sonnailles sur le sentier sec. Quand un paysage est, comme le nôtre l'était en ce temps-là, aussi aride qu'un œuf, il ne reste plus au pauvre berger qu'à essayer de l'embellir. Car les parages de Bourne autrefois respiraient la désolation par toutes leurs pentes. Quand l'Agnès éparpillait son *ave*, c'était ainsi qu'on nommait le troupeau, la draille révélait la déchirure par quoi la nature ingrate de la terre apparaissait comme l'intérieur d'un corps.

L'Agnès s'était souvent demandé de quoi ces pauvres bêtes du troupeau pouvaient bien se nourrir parmi la pierraille et de fait, très souvent, elle découvrait les brebis les babines écorchées, fendues comme par des engelures en plein été.

En revanche les huit chèvres et le bouc haut encorné qui dominait le troupeau n'éprouvaient aucune peine à trouver leur pitance. Dès qu'elles apercevaient gros comme un roseau une tige sortant de terre, qu'il s'agisse d'un arbuste ou d'une plante vénéneuse, les chèvres à l'œil d'or les sectionnaient au pied et leurs babines tranchantes comme des sécateurs les transformaient en comestible succulent. Rien ne leur échappait : ni les genévriers rampants, ni les ajoncs minuscules dont chaque fleur était un piquant gros comme une aiguille à coudre, ni les amélanchiers flexibles comme des osiers, ni les carlines rébarbatives au ras du sol terrassées, ni la grande consude aux feuilles en coton, ni l'aconit ni la belladonne mortelle aux petits enfants, ni non plus, il va sans dire, les buissons de *peirus*, ces poiriers sauvages dont nulle main ne saurait approcher sans être déchirée. Ces caprins impavides qui se régalaient d'un champ d'orties étaient armés pour résister à la famine, à la sécheresse, à la stérilité de la terre ; l'hiver, on les nourrissait avec des fagots de sarments d'olivier enlevés aux arbres par la taille ; de la paille même, ils ne faisaient pas quartier, eux. Si l'on en déversait une balle devant eux, celle-ci ne passait pas la nuit car la chèvre ne dort jamais, elle est capable de manger vingt-quatre heures par jour mais de cette boulimie de nourritures incomestibles elle fabrique dans ses pis indécents de quoi nourrir la famille pendant toute une semaine.

Rien dans la nature n'est expressif comme le regard d'une chèvre, c'est un miracle de stupéfaction. L'œil de ce redoutable prédateur est celui même de la nature considérant l'homme : implacable, incompréhensif et incompréhensible ; toisant la créature comme si elle ne l'avait pas créée.

L'Agnès ne perdait jamais ses chèvres de vue. Elle si pacifique et si douce, quand elle en prenait une à couper un arbuste qui aurait pu devenir un arbre de vingt mètres de haut elle lui donnait des coups de pied. Mais il lui arrivait aussi de les contempler comme des êtres humains car rien non plus n'est si candide qu'un regard de chèvre. Il arrivait souvent à l'Agnès, parmi ces solitudes, de soutenir longtemps ce regard par le sien. Innocence contre innocence.

Sur ces hauteurs presque toujours, il faisait une clarté hallucinante. Presque toujours le bleu du ciel commençait sous les arbres au-dessus des maisons, sans un seul pli qui eût pu passer pour un nuage. Parfois, sur la crête de Villemus, il en naissait un tout petit qui grossissait et paraissait menacer, mais très vite il était mis en pièces par le soleil vigilant, déchiqueté, avalé, dévoré sous la lumière crue, et aussitôt le ciel uni de bleu reprenait son grand vide.

Il arrivait souvent à l'Agnès de tomber à genoux dans la pierraille pour implorer qu'il plût. Il n'y avait pas un malade, pas un parent, pas une amie, pas une de ces catastrophes naturelles qui faisaient tant de victimes de par le monde qui ne sollicitât autant la prière de l'Agnès que cette sécheresse inexorable qui nous atteint de longs mois durant. Elle faisait, joignant les mains et marchant au flanc du troupeau, de courtes actions de grâce rogatoires comme des chapelles, implorant le seigneur pour lui enjoindre de nous donner la pluie.

Alors parfois, de guerre lasse, il pleuvait. Mais quand il pleuvait on eût dit que le phénomène était commandé par quelqu'un qui rechignait à la besogne, qui mesurait, qui rationnait. Et même si le ciel était noir d'encre, même si le voisin Aillaud avait dit tout à l'heure : « Il va faire une brave chavanne ! », ce qui voulait signifier : « Il va tomber une belle pluie ! », c'était toujours avec parcimonie que l'eau du ciel se déversait, cependant il y avait une telle attente de la terre que celle-ci verdissait du jour au lendemain et que le troupeau trouvait de la belle herbe sous ses naseaux.

C'était par un tel temps ce jour-là que l'Agnès avait garni ses poches de glands. La seule chose qui la différenciait des autres bergers c'était que elle, au lieu d'un bâton pour désigner aux chiens la luzerne interdite aux bêtes, elle s'aidait pour s'équilibrer d'une vieille crosse d'espingole de guerre sur quoi était rivée par la rouille une baïonnette de l'année terrible. C'était ainsi que pendant cent ans on désigna la guerre de 70. Cette baïonnette était fort utile. Elle permettait en faisant tourner la crosse d'évaser le trou dans la terre que l'Agnès voulait pratiquer. Parfois, tous les quarante pas, l'Agnès s'emparait de l'espingole comme d'une arme, elle la soulevait au-dessus de sa tête et sauvagement, comme si celle-ci eût été le corps d'un ennemi, elle l'enfonçait dans la terre rendue meuble par la pluie. On n'était pas certain même qu'elle ne serrait pas les dents sur cette espèce de plaisir, car tout de suite après, elle s'agenouillait dans la pierraille, mais ses genoux étaient aussi durs que le sol où elle se heurtait. Elle avait l'habitude des stalles rugueuses de l'église Saint-Sauveur. Elle tirait un gland du devantier, elle l'examinait bien, elle le laissait tomber dans le trou pratiqué, ensuite ses mains légères ratissant le sol s'efforçaient de récolter un peu d'humus sans cailloux pour boucher le trou. C'était long et difficile mais elle était aidée par une pensée agréable : elle imaginait déjà, pour dans cent ans d'ici, l'ombre que ferait cet arbre sur les moissonneurs du futur.

Elle se croyait bien seule, l'Agnès, ainsi arpentant la colline et lardant à coups de baïonnette le corps de la terre comme celui d'un adversaire. Elle avait tort.

— Qu'est-ce que tu tarabustes ? dit une voix à côté d'elle sur un ton grondeur.

C'était la Blanche Philibert. Elle était montée garder de l'autre côté du flanc de la colline et arrivée au sommet de la pente elle avait vu, ce n'était pas la première fois, l'Agnès de Bourne en train de poignarder le sol. La chose était si insolite que pour bien la souligner elle n'avait trouvé que le verbe *tarabuster*. Elle aurait pu dire : « Qu'est-ce que tu fais ? » Ou bien :

« Qu'est-ce que tu complotes ? » Non. C'était tarabuster qui lui était venu à l'esprit et l'on voyait bien à son air soupçonneux qu'elle n'en démordrait pas.

La Blanche Philibert montait comme l'Agnès garder au sommet des Tourres, une colline tondue comme toutes les nôtres. Elle venait de la Croupatassière, une ferme exsangue (la mine lui avait coupé ses sources) et qui existait encore par miracle sous forme de ruine prochaine.

La Blanche Philibert n'était pas grosse, elle était grasse et son visage en forme de lune blafarde regardait sa voisine en dessous, avec un air à vous couper au couteau.

Quand on disait « voisin » sur les plateaux de Manosque, ça voulait dire à un kilomètre les uns des autres. D'ordinaire la Blanche et l'Agnès se voyaient de loin en silhouette, et parfois elles se saluaient à cinquante mètres de distance en se faisant signe avec leur bâton. Les parents de la Blanche étaient profondément libres-penseurs. L'histoire des sources coupées les avait profondément enfoncés dans leur incroyance et une froideur prononcée les avait peu à peu séparés des gens de Bourne, profondément chrétiens et dont la source abondante continuait à remplir les bassins pour arroser le potager.

L'Agnès, sous l'apostrophe de la Blanche, était cramoisie comme fleur de pêcher pour avoir été prise ainsi en flagrant délit d'irrationnel. Elle balbutia :

— Tu le vois... je *samène.*

C'était le terme patois pour le verbe semer, mais *saméner* était plus profond. Ce mot en trois syllabes parlait mieux que *semer* de l'engrossement de la terre par l'intermédiaire de l'homme. Il donnait à celui-ci la seule importance qu'il méritât. Il passait moins légèrement sur cet acte essentiel.

— Mais qu'est-ce que tu *samènes* tant ?

— Des roules, avoua l'Agnès tête basse.

Elle aurait dit des chênes que ça n'aurait pas eu la même force, mais un *roule* qui était l'altération de *rouvre* l'ancien nom du chêne, voilà qui parlait autrement à l'innocence de Blanche.

— Qu'est-ce que tu me chantes ? dit celle-ci. J'ai essayé peut-être cent fois d'en semer un ! J'y suis jamais arrivée !

— Parce que tu fais ça barque à travers !

— *Coumo* je fais ça barque à travers ?

— De tout sûr ! Comment tu t'y prends ?

— *Bé* je fais un trou comme toi !

— Tu fais un trou ? À quelle profondeur ? Et quand tu l'as fait, tu as pensé à y mettre d'abord un peu de mousse de terre au fond ?

Que la racine elle trouve pas tout de suite une grosse pierre sous elle ?

— Et comment c'est la mousse de terre ?

— Tu émiettes une motte et tu la fais couler d'une main dans l'autre et de ta main libre tu tries les petits cailloux comme tu fais pour les lentilles dans l'assiette.

— Oh ben alors ! dit la Blanche découragée.

— Et la chaleur ? Tu as pensé à la chaleur ? Moi, les glands, je les mets bien contre mon ventre dans le devantier, d'abord ça leur tient chaud et ensuite ça les fait transpirer. Alors comme ça tu as une chance sur dix pour qu'ils prennent racine.

— Oh ben alors ! répéta la Blanche.

— Et la lune ? Tu as pensé à la lune ? Parce que si tu as pas pensé à la lune si la lune est dans le ciel même en plein jour, c'est pas la peine.

— Oh ben alors ! dit encore la Blanche atterrée.

— Tu voudrais en avoir des chênes ?

— Sûr que... À la Croupatassière nous n'avons que trois mauvais mûriers et ils sont pleins de vers !

Alors on vit ces deux femmes agenouillées dans la pierraille qui discutaient gravement autour d'un trou minuscule et tenant entre leurs doigts un de ces fruits de chêne énigmatiques dont la nature fait une profusion à l'automne et qui sont dix mille peut-être sous chaque arbre. Au printemps ceux que le troupeau n'a pas mangés ou que l'hiver n'a pas entamés se mettent à grouiller dans la macération humide des sous-bois. Il en éclate deux mille, trois mille sous chaque arbre, on ne sait pas. On voit un robuste filament blanc, lequel en s'arc-boutant contre la terre, qu'il veut pénétrer, soulève le fruit qui éclate. Il en sort une tige verte, solide, prête à vivre, mais l'arbre est énorme, il cache le soleil sous ses ramures, à son ombre tous les enfants qu'il a produits meurent les uns après les autres, sans profit, inutiles. C'est la nature, c'est la mythologie, c'est l'éternité.

Pendant ce temps à Manosque (Basses-Alpes), à quatre kilomètres au-dessous de Bourne, un poète qui s'appelait Jean Giono parcourait un dimanche, car en semaine il travaillait, ces hauteurs arides dont il tirait du miel pour les pauvres humains. Lui, il savait par le truchement de son esprit faire en sorte que la beauté éclate intacte hors de ces splendeurs désolées dont était tracé notre destin. Il humait à pleins poumons l'air sec du matin. Il contemplait Manosque au-dessous de lui enveloppé d'une légère brume comme un jardin qu'on vient d'arroser. Ce Manosque dont les contours étaient encore intacts, il en avait fait, au gré de son caprice, Ilion, Ithaque ou la pauvre Italie.

Il était au comble du bonheur car il venait d'achever une œuvre où il avait retrouvé l'innocence de son écriture, quand il n'avait pas encore souffert. C'était ce qu'il préférait écrire : une commande et une commande *calibrée*, c'est-à-dire dont on lui avait stipulé le nombre de pages, le nombre de mots, le nombre de caractères. Jamais le poète ne se trouvait aussi à l'aise que devant ces contraintes. Il y donnait toute sa mesure.

C'était un inconnu qui lui avait apporté l'ordre, un qui venait d'Amérique et lui avait tenu le langage de l'homme masqué qui commanda le *Requiem* à Mozart.

Mais lui c'était une messe de vie qu'on lui avait prescrit d'écrire et l'inconnu était à visage découvert, c'était pour cette raison sans doute que le poète l'avait aussitôt oublié.

— Faites-nous, lui avait dit cet étranger, une de ces histoires extraordinaires dont vous avez le secret.

Toutefois, le doigt levé, on avait souligné ce qu'on exigeait :

— Mais attention ! Il faut qu'elle soit vraie !

La création est foudroyante. Elle réclame

ensuite une mise en place car souvent elle se présente cul par-dessus tête, en diagonale, diffuse ou si compacte qu'il faut la démêler, mais c'est d'abord en avalanche que l'histoire se déverse hors du cerveau et si les mains, les doigts étaient capables de tracer les mots à la vitesse de l'éclair, ce serait en un clin d'œil que mille pages seraient couvertes.

Le poète n'eut pas plus tôt reconduit l'Américain (il me dit plus tard qu'il n'avait même pas eu le temps de revenir s'asseoir devant son bureau) qu'un nom fulgura devant ses yeux : *Elzéard Bouffier,* et qu'aussitôt, comme un énorme nuage naît du ciel bleu, le pays que ce berger allait créer éclata autour de son nom qui fut tout de suite transformé en *L'Homme qui plantait des arbres.*

Le poète vit une forêt sur le gazouillis des eaux avant même d'avoir aperçu son berger faire des trous en terre pour la parsemer de glands. En se rendant aux jardins d'Armide où il avait coutume d'aller rêver, il dut éparpiller chemin faisant, hors de son cerveau, quantité de détritus sublimes que le néant emporta. Alors, les ruisseaux clairs commencèrent à rouler les cailloux sur des lits dont déjà l'érosion s'était emparée. Les berges aux oseraies flexibles se peuplèrent du frôlement d'ailes des martins-pêcheurs et des rolliers. Il y eut dans l'air frais du matin une senteur modeste de fleurs des champs. L'innocence du monde afflua à l'imagination du poète en une évidence qui effaçait les fautes des hommes et ce fut tout de suite le pays qu'Elzéard Bouffier avait créé rien qu'en semant des glands.

Le poète sans s'en apercevoir avait raccordé les siphons des sources crevés par les travaux de la mine et les ruines s'étaient de nouveau épanouies en maisons à treilles de glycine, animées d'enfants en bas âge et d'animaux heureux de vivre.

C'était enfin ce tableau que le poète pouvait contempler en arpentant nos aridités et il en était fort content.

Cette fois-là, il n'avait pas eu le temps d'écrire, le temps allait trop lentement. Il utilisait à cette époque une secrétaire impavide devant les phrases en arabesques qui sortaient tout armées du front de l'artiste et que celui-ci irradiait sur le papier, et parfois c'était tellement rapide que les mots se touchaient. La jeune femme qui n'avait jamais autorisé ses yeux à refléter aucune expression transcrivait en toute innocence, n'essayant pas de saisir la pensée de l'auteur ni de déchiffrer son écriture d'ailleurs. Elle reproduisait ce qu'elle croyait voir et ça donnait de telles inexactitudes que l'auteur en frappait du poing sur son bureau, de fureur ; mais parfois elle inventait un mot qui allait si bien au milieu de la phrase que l'écrivain le faisait sien sans hésiter.

Pendant que l'auteur se penchait sur son rêve parmi les yuccas et les câpriers du jardin d'Armide, le manuscrit volait vers l'Amérique, y atterrissait, était avidement reçu par ceux qui l'avaient commandé et qui le lurent. Ils furent d'abord saisis d'admiration puis ils le relurent et de nombreuses objections vinrent tempérer leur enthousiasme. Tout d'abord leur doyen, personne fort prudente, opina qu'il avait fait la guerre en France en 14 et qu'il n'avait jamais rencontré aucun Français capable de planter des arbres pour rien. Les Français étaient capables, selon lui, de se faire tuer pour rien sans regimber mais certainement pas d'inventer des forêts pour l'amour de Dieu.

— C'est un conte ! acheva-t-il péremptoire.

On s'émut en libre Amérique : si en Europe on se mettait à planter des chênes pour la gloire de Dieu mais sans espoir de profit, c'est que le monde entrait en régression.

C'est ainsi que débarqua un beau matin, à Manosque, un monsieur anodin : il était vêtu de sombre, portait des chaussures noires. Il était adorné d'une serviette de ministre noire aussi. On le prit pour l'inspecteur du Guide Michelin car depuis longtemps, sur le boulevard de la Plaine, le Léonce Alivon espérait une étoile pour son restaurant de charme : *Au Grand Paris.*

Quant à l'individu, il fut ébouriffé à la vue de notre porte Saunerie cernée par tant de gens mains aux poches et qui ne faisaient rien. Il demanda ce que c'était. On lui dit que c'étaient des Manosquins qui prenaient le soleil en attendant d'aller travailler.

— Qui prennent quoi ? dit-il.

On fut très étonné.

— Le soleil pardi ! Vous n'avez jamais pris le soleil, vous ?

L'Américain comprenait le français qu'il parlait sans accent mais le provençal traduit en français par des natifs était d'autre mesure.

Il dit que non, ça ne lui était jamais venu à l'esprit de prendre le soleil et d'ailleurs ce devait être très difficile à faire.

On éclata d'un gros rire. On lui désigna trois lascars appuyés contre le mur de la tour médiévale comme s'ils voulaient en pomper la chaleur. Ils portaient béatement la casquette sur l'œil et fumaient un mégot asphyxiant qu'ils économisaient à l'extrême.

— Regardez si c'est difficile ! lui dit-on.

Il demanda alors s'il n'y avait pas dans l'environ quelques personnes sensées auxquelles il pourrait poser de sérieuses questions. On lui désigna la terrasse du *Café Glacier* où quelques notables étaient eux aussi en train de prendre le soleil, mais assis.

L'homme d'Amérique s'approcha d'eux en catimini et s'installa au guéridon voisin. Vêtu de noir et portant serviette, il plut tout de suite à ces notables, et le petit accent étranger (il avait cru politique de ne pas paraître tout à fait français) avec lequel il commanda un champoreau lui attira la considération générale.

Ces notables étaient les quatre plus gros propriétaires du pays. Il y avait là un homme dont le cousin avait été naguère président du Conseil et qui en tirait une gloire considérable. Le second avait cet air contraint (« je ne l'ai pas fait exprès ») des hommes à grande fortune. Son père, en quelque endroit, avait créé un casino municipal et il avait eu le génie d'investir dans la terre. Le troisième était agent d'assurances en un pays où tout le monde craignait le feu et s'assurait donc en conséquence. Il n'y avait pas eu d'incendie à Manosque depuis peut-être cent cinquante ans sauf une ou deux granges à paille parfois l'été, qui ne coûtaient pas cher à indemniser. Il avait aussi, de famille, une centaine d'hectares qu'il tenait en métayage. Seul le dernier avait autrefois travaillé. Il venait des plateaux où l'on était berger de père en fils mais il avait lorgné vers la plaine et, comme il était bel homme, il avait fait avec une héritière un mariage d'amour où les hectares ne manquaient pas. Lui, pourtant, aurait dû savoir puisqu'il venait des plateaux, mais il avait été berger sans état d'âme et ne s'était jamais sérieusement demandé par quel phénomène tombait la pluie qui faisait pousser l'herbe. Ces sortes d'interrogations sont affaire de poète et, pour qui est né à seule fin d'amasser de l'argent, les poètes sont suspects de ne pas jouir de toutes leurs facultés. Ce propriétaire, quand la pluie n'arrivait pas et selon son humeur, ou bien il accusait le ciel en lui montrant le poing ou bien il suivait les processions rogatoires.

Il y avait aussi un descendant de noble au grand nez en bec de corbin et qui disait avoir été anobli sous Louis XIII. Lui, il produisait des olives et du vin, denrées qui n'ont pas spécialement besoin de pluie.

C'étaient tous gens de sens rassis et d'âge et d'expérience.

L'Américain connaissait les usages et après quelques honnêtetés sur Manosque et sa prospérité il offrit sa tournée. Ma foi, une tournée gratuite même pour des propriétaires terriens c'était toujours tant de pris, comme ils disaient. On but, on porta santé et, dans le silence qui accompagna la dégustation, l'Américain dit :

— Est-ce que par hasard vous auriez entendu

parler d'un certain Elzéard Bouffier qui plantait des chênes ?

— Qui plantait quoi ? lui répondit-on médusé.

Jamais yeux de Bas-Alpins n'avaient été plus démesurément ouverts que ceux de ces Bas-Alpins-là entendant cette question.

— Des arbres, dit l'Américain. Une forêt... Des chênes, souligna-t-il encore.

Il écarta grands ses bras pour montrer la taille de cette forêt qu'il imaginait.

— Tu as vu ça toi, Rolland, dit le cousin du président, un homme qui plante des chênes ?

— Pardieu pas ! dit l'agent d'assurances.

— Jamais de ma pute de vie ! protesta le noble qui savait se mettre à portée des gens du peuple.

— Où êtes-vous allé puiser cette histoire ? dit un agent des Eaux et Forêts qui s'était approché, pendant ce temps, dans son uniforme vert.

— Où avez-vous vu jouer ça ? dit le propriétaire de casinos.

— C'est Giono qui l'a écrit.

— Oh alors, si c'est Giono !

C'était le maire qui s'exclamait ainsi. Il venait, la pipe au bec, de tourner le coin de la porte Saunerie et il avait entendu les dernières paroles prononcées. C'était un homme droit, haut, péremptoire, doté d'un admirable port de tête. Il venait de *faire peine* au poète en modernisant la plus belle fontaine dont celui-ci eût jamais parlé. Tout en se disant son ami, ce maire ne cessa jamais d'effacer de sa ville toutes les beautés dont se nourrissait le poète, parce qu'il en voulait à celui-ci d'être en passe d'accéder à l'immortalité à laquelle lui-même n'atteindrait jamais.

— C'était un berger..., risqua l'Américain.

— *As vis aco tu, dé pastres qué samenoun dé roules ?* (Tu as vu ça toi ? Des bergers qui sèment des arbres ?)

Les chaînes de montre secouées par les gros rires n'en finissaient pas de tinter. Le maire austère d'ordinaire en avait sorti au soleil toutes ses dents en or.

C'était une joie générale qui faisait plaisir à voir et les humbles qui, à côté, tenaient le portail enviaient ces notables de savoir si bien se divertir.

— Vous êtes sûrs qu'Elzéard Bouffier n'a jamais semé d'arbres ?

Ils secouèrent tous la tête, négativement, en silence, comme un jury qui condamne. C'étaient tous des pragmatiques, ce qui limitait leur compréhension de la vie. Ils connaissaient bien Giono qu'ils n'avaient jamais lu. Ils dirent que ça ne les étonnait pas qu'il ait raconté cette histoire car, dirent-ils, c'était un inventeur de mots.

Quoique pragmatique lui-même, l'Américain ne s'en tint pas là. Il monta jusqu'à l'hôpital de Banon où serait mort Elzéard Bouffier. On fit des recherches minutieuses parmi les registres. On secoua la tête. Non. Elzéard Bouffier était inconnu au bataillon. De même le curé qui consulta l'obituaire : aucun chrétien de ce nom n'en avait illustré les pages.

La religion du mandataire était faite et sa serviette pleine d'arguments. Jamais il ne lui parut opportun d'aller fouiller autour des ruines. Jamais il ne lui parut utile de tourner le dos à la riche vallée ni de s'aventurer sur les pauvres plateaux où gîtaient des gens d'autrefois égarés parmi ce siècle.

Il alla trouver le poète et incontinent lui dit :

— Monsieur Giono, vous nous avez menti !

Le poète ne fut pas surpris par cette accusation. Il mentait couramment. L'imbécillité notoire d'un quelconque interlocuteur le mettait en transe de mensonge. Il devenait éblouissant dans cet art. Il mentait par dérision, il mentait comme un artiste. Chacun de ses mensonges aurait pu être capté comme un roman par un débutant en écriture. Et quand il pouvait avoir l'air de mentir alors qu'il disait la vérité, c'était pour lui le comble du bonheur.

— Vous comprenez, monsieur Giono, nous autres Américains nous sommes des gens sérieux !

— Hélas ! proféra le poète.

— Vous persistez à dire que cette histoire est vraie ?

— Absolument pas, absolument pas ! Je l'ai inventée de toutes pièces ! Mais avouez que ça ne l'empêche pas d'être belle.

— Sans doute ! Mais ça ne l'empêche pas d'être fausse. Nos lecteurs n'ont aucun goût pour l'utopie ! Nous vous avions demandé une histoire vraie !

Le poète sourit bravement comme quelqu'un qui souffre en souriant. Il écarta ses grands bras et se dirigea vers la porte pour inciter son interlocuteur à le suivre. L'entretien était terminé.

Armés d'une friande gourmandise, les augures du *Café Glacier* guettaient avec espoir le retour du mandataire. Ils ne furent pas déçus. L'Américain découragé jeta sa serviette sur la table et s'assit lourdement.

— Cette histoire est fausse de bout en bout ! clama-t-il.

— Nous vous l'avions bien dit que c'était un inventeur de mots !

Il y avait maintenant douze ou quinze Manosquins autour de ce guéridon qui attestaient à qui mieux mieux. Et c'est ainsi qu'en un instant, le thuriféraire appointé qui sévissait dans le journal local put enfin taxer le poète de mensonge en toute impunité puisque celui-ci lui-même s'en était accusé.

« Le poète pris en flagrant délit de mensonge. »

Sous ce titre, le rédacteur s'en était donné à cœur joie. Il était allé lui-même enquêter auprès des augures du *Café Glacier*. Il avait photographié leur gros rire à chaîne de montre.

Les pages de ce journal s'en allèrent flotter jusqu'à Bourne grâce à la boîte du Chaberte, le facteur des postes. C'était le père de l'Agnès, le Polycarpe, qui le lisait un peu le soir, pour s'endormir, après quoi on l'entassait au-dessus des précédents au coin de l'âtre qu'il servait à allumer.

Il servait aussi à récurer la poêle lorsqu'on avait cuit la morue. On mettait un peu de vinaigre qu'on portait à ébullition et ensuite, grâce au journal mis en tapon, on essuyait le fond de la *sartan* (c'était le nom provençal du récipient) jusqu'à lui rendre le brillant de l'acier.

C'est au cours de ce vigoureux exercice, alors qu'elle déployait le journal en grand pour le froisser à son gré, que l'Agnès découvrit le pot aux roses :

« Le poète pris en flagrant délit de mensonge. »

Cet opprobre faisait un titre en grasses lettres et sur quatre colonnes. Nul ne pouvait en ignorer. L'Agnès en déposa sa *sartan* sur le carrelage et assise au pied du potager, c'était la marche en carreaux de faïence rouge où s'encastraient les boîtes à braise, elle se mit à lire.

L'article était long, l'Agnès lisait lentement faute d'habitude, et la pensée entre lecture et réflexion était encore plus lente à tirer ses conclusions. Elle le relut, méditative. Elle en oublia de saler la soupe, ce que, ce jour-là, le Polycarpe, son père, lui reprocha aigrement. Enfin elle se leva pour aller chercher ses ciseaux à broder dans la boîte à couture. Elle découpa l'article soigneusement.

Le soir même, c'était un soir d'hiver, l'Agnès laça ses chaussures de bergère et s'enveloppa les épaules avec sa *pointe* de laine noire. L'environ de Bourne était constellé de rares lumières et la lune n'était pas levée, mais quand on est né sur ces plateaux marcher dans le noir est une seconde nature.

Elle commença sa tournée par l'Aillaud des Plaines qui était le plus près.

— Lis ça ! dit-elle.

Il lut. Ça prit du temps. Lui non plus il

n'avait pas l'habitude. Lire pour un berger, à part le calendrier des postes...

— Alors ? dit l'Agnès quand il eut terminé.

— Alors, alors... alors quoi ?

— Ça t'est jamais arrivé à toi de *saméner* des roules ?

L'Aillaud était comme un enfant pris la main dans le pot à confiture.

Il détourna la tête comme si on l'accusait de vol.

— Oh ! s'exclama-t-il. Pas tant ! Peut-être deux ou trois fois !

L'Agnès le tenait sous son regard obstiné.

— Ne mens pas ! Deux ou trois fois ou dix ou douze ? Je t'ai vu un jour ! Tu peux pas me cacher !

L'Aillaud lui dit :

— Viens voir !

Il l'entraîna jusqu'au jas attenant à la ferme. Il bouscula un peu les brebis qui dormaient déjà.

— Regarde ! dit-il.

Lui, c'était sous la mangeoire des bêtes qu'il avait caché la caisse du lait Nestlé, avec sa pie au bord du nid, imprimée en noir sur les côtés. Elle était à moitié pleine de glands brillants.

Ainsi, soir après soir, l'Agnès fit le tour de ces plateaux qui couronnaient Manosque. Elle alla débusquer ses collègues, bergers comme elle, parfois jusqu'à plusieurs kilomètres autour de Bourne ou dans les creux de Montfuron ou du moulin de la Dame.

Elle en trouva finalement cinq lesquels, en l'avouant comme une faute, avaient une fois ou deux peut-être tenté de semer quelques chênes.

Un soir enfin, elle put les réunir à Bourne autour d'une castagnade. Ils arrivèrent l'échine courbe, honteux et confus, mal à l'aise d'avoir été ainsi mis à nu et n'osant se dévisager.

C'était encore le temps où même ceux qui ne savaient pas lire s'y escrimaient pourtant. Le temps où le peu qu'on avait appris à l'école communale ne s'effaçait jamais. En ce temps-là, au pied-droit de la cheminée — pas de face, que Dieu garde ! on était modeste, on ne tenait pas à ce que ça se sache que parfois on lisait — chez les boulangers, par exemple, au fournil, il y avait toujours, pour occuper le temps, pendant la cuisson du pain, un ou deux volumes de Paul Arène, un qui disait bien ce qu'on était, un ou deux de Giono aussi parce qu'il disait bien ce qu'on aurait voulu être.

Ces livres étaient, sur leurs couvertures, constellés de farine sèche ou en train de sécher. C'étaient des livres faits pour accompagner le travail, pour l'agrémenter. Ils étaient là en appoggiature comme de la musique qu'on aurait bien voulu entendre.

Dans les fermes, sur le manteau des âtres, c'étaient les chiures de mouche contre les couvertures des volumes qui attestaient qu'on lisait depuis longtemps.

Mais la honte d'aimer lire était aussi grande chez ces modestes ou chez ces timorés que celle de semer des glands. Ils n'osaient ni dire qu'ils savaient parler ni dire qu'ils savaient lire.

— Alors ? interrogea l'Agnès. Soi-disant qu'est-ce qu'on fait ?

— Eh qu'est-ce qu'on fait, qu'est-ce qu'on fait ! Tu es comique, toi ! Tu le sais, toi, ce qu'on doit faire ?

C'était le fermier de Barème qui posait cette question. Il avait tenu ses grosses mains embarrassées, de quoi il ne savait jamais que faire, une fois jointes, une fois croisées, une fois montrant le poing ou les serrant l'une contre l'autre.

— Oh sûr que toi, dit l'Agnès, soi-disant tu sais jamais quoi faire !

Ce fermier de Barème avait une fois voulu demander l'Agnès en mariage mais il n'avait jamais eu l'audace d'aller jusqu'au bout de sa déclaration.

— Heureusement que moi je le sais, poursuivit l'Agnès. Y a qu'à aller trouver le poète et lui dire que nous autres, nous autres, on en a planté des chênes !

— On est pas convenables ! objecta l'Aillaud tout de suite. Moi j'aurais honte de me présenter devant lui comme ça !

— Comment comme ça ?

— Avec ma tête, avec ma barbe, avec mes paroles qui ne sont pas les siennes !

— On est comme on est ! dit l'Agnès étonnée. Et pour ce qui est de parler, on a nos mains, on a nos yeux. C'est un poète, il comprendra !

L'Agnès était une fédératrice. (Il y en a comme ça qu'on ignore.) Néanmoins il lui fallut quatre veillées et six kilos de châtaignes rôties à l'âtre et mangées pensivement, plus six litres de rouge de la coopérative, pour convaincre les pâtres.

Enfin un beau soir, tout cet équipage quitta Bourne à pied pour ne pas éveiller l'attention. C'était un soir d'hiver où l'horloge de Saint-Sauveur sonnait six heures. Ils prirent tous par le bord du canal, à la queue leu leu, les semeurs d'arbres. Ils dépassèrent les peupliers maintenant immenses que Giono avait plantés de sa main quand il était jeune pour avoir un jour d'automne à lui tout seul, lorsque les cimes jaunissaient. C'était toute une cavalcade de souliers paysans qui piétinait le sentier herbu bordé d'une rigole d'arrosage qui conduisait chez le poète. On sentait autour et au loin de ce sentier respirer Manosque et ses grands caractères. Cette rumeur feutrée sur quoi s'assenait le marteau de l'horloge forgeant les heures avait été le leitmotiv dont longtemps le poète n'avait pu se passer.

Ils haletaient d'émotion, tous ces paysans, le souffle coupé à l'idée d'aborder un poète. L'Agnès avait même pris son missel sans savoir pourquoi. Ils s'entassèrent devant l'étroit perron que tant d'importuns avaient poussé sans vergogne mais où tant de timides, tremblant devant le génie, avaient renoncé. On entendait râler leur respiration qui couvrait le bruit du ruisseau d'arrosage. L'Agnès avec décision appuya sur la sonnette.

Élise, madame Giono, dit plus tard que quand elle avait ouvert le vantail, les feuilles mortes que gouvernait le vent s'étaient engouffrées les premières par l'ouverture et que, pour le reste, elle s'était crue devant un Goya en chair et en os.

Ils étaient tous là les gens des plateaux. Trapus, bâtis pour résister au vent et à la sécheresse ; les jambes torses, pas beaux. Comment peut-on l'être en une terre qui a raflé en tant de siècles toute la beauté du monde ? Nous sommes faits pour la contempler, pas pour nous y mesurer.

Ils sentaient tous, mais à plein nez, le poivre

d'âne et le buis auquel ils se frottaient tout le temps comme s'ils y avaient laissé l'empreinte indélébile de leur candeur et de leur pureté. La cage d'escalier aux éditions de luxe en garda le parfum toute une semaine, chassant celui du bonheur de vivre qui existait seul jusqu'à ce jour dans cette maison. C'étaient les gratins, c'étaient les omelettes, c'étaient les bœufs en daube où Élise, qui tenait ce talent de sa mère, était passée maître.

On avait l'habitude en la maison de ne rien déléguer pour le poète. On lui envoyait tout en vrac : tous ceux qui, à Manosque, ne l'avaient jamais lu mais qui voulaient voir de près ce que c'est qu'un écrivain ; tous les fervents qui connaissaient par cœur ses premiers écrits mais aussi tous les solliciteurs, tous les sceptiques, tous ceux qui croyaient naïvement que le génie se communique et venaient apprendre, avidement, comment on devient écrivain en une seule leçon.

— Jean ! Tu as du monde ! criait d'en bas madame Giono.

Après quoi on ne s'occupait plus de rien.

La cavalerie paysanne se donnant courage monta donc cet escalier, traversa sur la pointe des godillots la chambre vénérable où Pauline la mère était morte. Ce fut l'Agnès encore qu'on poussait devant soi comme un bouclier qui frappa à la porte.

— Entrez ! dit simplement Giono.

Ils entrèrent. Quand le poète vit s'aligner devant lui ces personnages, il n'en crut pas ses yeux. Il pensait bien les avoir inventés dans ses livres, l'idée ne l'avait jamais traversé qu'ils puissent exister.

Le vent et le soleil et la pluie quelquefois et l'orage soudain leur avaient sculpté des têtes de martyrs. Ils portaient en eux ces fermes faméliques où déjà la ruine prochaine profilait son squelette.

Le Pagès de Mirandole, la plus pauvre des métairies, le Pinet de Pélegrin (autrefois c'était Pélegrain, tant la nature en retranchait de la récolte), l'Aillaud des Plaines et le fermier de Barème, le célèbre Planche, et l'horrible Chabassut de Pitosoau, affligé d'un tel tic que les chèvres elles-mêmes détournaient le regard de peur d'avorter. Avec la Blanche Philibert de la Croupatassière et l'Agnès de Bourne ça faisait sept.

Le poète était assis. Les sept étaient debout avec leurs têtes de gorgones véhémentes. Le poète les contemplait sans comprendre. L'odeur des grands bois qu'ils traînaient après eux commençait à cristalliser en lui quelque histoire extraordinaire.

Quant à eux, lorsqu'ils eurent assimilé que c'était un être humain et qu'il leur ressemblait, ils ne tarirent plus.

— Nous venons attester ! dirent-ils ensemble. Nous autres nous en avons *saméné* des chênes ! En pagaille ! Depuis cinquante ans !

— On peut pas vous laisser accuser de mensonge ! Ou alors c'est que nous existons pas !

— Ce pilon ! s'exclama le Planche de Barème. Ce pilon !

Il avait soulevé de terre sa jambe qui lui manquait et il brandissait triomphalement l'accessoire de bois qui en tenait lieu en tapant dessus à coups redoublés. Cette jambe, il l'avait perdue en quelque guerre et il touchait une pension pour ça. Pour la remplacer on lui avait adapté un pilon en fer de lance pointu au bout afin qu'il tînt droit sur les pentes.

— C'est ça, dit-il, qui m'a donné l'idée ! Longtemps j'ai regardé les trous que je faisais avec mon pilon et ça me faisait peine de savoir que ça servait à rien ! Et puis un jour, sous un chêne, y a un gland qui m'est tombé sur la tête ! Puis il a ricoché et il est tombé dans le trou que mon pilon, en marchant, il venait de faire ! C'est ça qui m'a donné l'idée !

— Et moi, dit l'Aillaud des Plaines, ce qui m'a donné l'idée c'est d'être toujours seul !

Planter des chênes ça me faisait de la compagnie !

— Et moi, dit la Blanche Philibert, ça a été de voir l'Agnès en planter, de loin ! C'est elle qui m'a appris.

— C'est pour dire, conclut le Chabassut, c'est pour dire que si vous cherchez des hommes qui plantaient des arbres, c'est pas la peine d'aller en chercher qui n'existent pas ! Nous sommes là, nous autres !

Ils se serraient, ils se faisaient voir, penchés sur la table aux manuscrits, ils se respiraient par cet homme qui était pour eux aussi énigmatique qu'une chèvre. Ils retenaient leur respiration. Ils attendaient le verdict.

Le poète laissa s'alentir le silence. Quand il n'y eut plus dans la pièce que le halètement de gens épouvantés par leur audace, il rebourra sa pipe soigneusement, il l'alluma et il leur dit :

— Mes agneaux, si on sait que ce pays est un pays de semeurs de chênes, ils vont tous arriver et croire qu'il suffit d'en planter comme nous pour nous ressembler. Ce que vous venez de me dire ça fait partie des choses que nous devons taire. Laissez-moi plutôt leur confirmer que j'ai menti et au besoin répandez-le autour de vous. Dites un peu de mal de moi, comme ça, en passant, sans avoir l'air de rien, hochez la tête d'un air de doute, pas plus ! Ils comprendront !

Sinon, mes agneaux, ils vont nous interpréter tout de travers et s'efforcer de ressembler à ce qu'ils croient que nous sommes. Vous rigolez ? Comprenez-moi bien : c'est arrivé, cette chose-là, autrefois, à un pays qui s'appelait la Grèce. Ils ont fini par l'effacer à force de vouloir l'imiter à toute force !

— Mais enfin ! dirent-ils. On ne peut pas vous laisser insulter comme ça ! Vous, c'est bien beau, vous mentez et en même temps vous dites la vérité en écrivant ! C'est bien beau mais nous on écrit pas ! Et quand c'est l'injustice nous on dit qu'il faut la crier !

Le poète se leva et ôta sa pipe de la bouche.

— Regardez ma figure ! dit-il.

Il se montra à gauche puis à droite, pivotant d'un côté de l'autre pour qu'ils voient bien. Ils n'y virent rien de particulier sauf l'Agnès qui dit :

— Vous êtes pas pareil d'un côté que de l'autre ! Votre nez ! Si on le regarde à gauche le bout est pointu ! Si on le regarde à droite, il est rond !

— À la bonne heure, dit le poète, vous, vous êtes subtile ! Ça s'appelle l'asymétrie. Et je vais vous dire un secret : dedans aussi je suis asymétrique ! C'est à l'intérieur que je ne suis pas pareil d'un côté que de l'autre.

Il contempla sa pipe en silence, le temps de

mesurer s'ils étaient capables de supporter ce qu'il allait leur confier. La tension et l'immobilité qui régnaient sur ces êtres et leur haletante attention le prévint qu'ils pouvaient l'entendre.

— Et je vais vous en dire un autre de secret mais vous le garderez pour vous. C'est ça la vérité : elle est asymétrique comme moi. Ça dépend de quel côté vous la regardez.

Ils ouvraient des yeux énormes. Jamais on ne les avait honorés avec des mots pareils. Ils s'en allèrent abasourdis. Cette vérité asymétrique, ils en avaient pour la vie à la mesurer de long en large.

Alors on vit se lever quantité d'hommes et de femmes qui se moquaient éperdument que cette histoire soit vraie ou fausse puisqu'ils avaient envie d'y croire.

L'humanité, en ce temps-là, avait tellement plus besoin d'arbres que de pétrole que même les potentats en smoking qui faisaient et défaisaient les réputations s'en étaient avisés.

Ils tirèrent de l'ombre un aède presque aveugle comme Homère. Frédérik Back usa ce qu'il lui restait de vue sur *L'Homme qui plantait des arbres.* Sur les ailes de Frédérik Back ce chef-d'œuvre en aquarelle pour cinéma fit le tour du monde.

Il ne s'agissait plus de savoir si Elzéard Bouffier était décédé ou non à l'hôpital de Banon mais, grâce à cette histoire, l'humanité avait pris conscience de l'existence des arbres et que, foin de tout pragmatisme, s'ils cessaient d'exister, elle cesserait de vivre.

L'Agnès de Bourne mourut un soir dans son lit, au beau milieu du signe de la croix. Quand on la découvrit, son bras esquissait le dernier geste de sa dévotion. Toute sa vie, prosternée devant les nuits et les jours, elle avait obéi humblement à la nature du monde. Elle n'avait jamais été résignée mais consentante à cet ordre qu'elle savait avoir été voulu par Dieu.

Comme elle tous les semeurs de chênes du nord de Manosque sont morts avec simplicité au fil du temps et sans laisser de trace, dans le secret promis au poète.

Je viens souvent le soir revivre le passé parmi ces plateaux de Manosque. J'aime les fermes mortes à l'égal des cimetières. Parfois, facilitant d'entendre les voix qui chantaient autrefois, une brise qui chuchote à peine se lève et palpite et s'harmonise au silence. Ce sont les jeunes arbres de soixante ans à peine qui s'expriment à l'orée du ciel. Pour que ceux-ci se transforment en une forêt qui appellera les orages, un siècle encore sera nécessaire. Mais l'espèce humaine peut compter sur eux pour entendre un jour la pluie bienveillante s'alentir sur leurs feuillages.

DU MÊME AUTEUR

Aux Éditions Denoël

LA MAISON ASSASSINÉE (Folio Policier nº 87).

LES COURRIERS DE LA MORT (Folio Policier nº 79).

LE MYSTÈRE DE SÉRAPHIN MONGE (Folio Policier nº 88).

L'AMANT DU POIVRE D'ÂNE (Folio nº 2317).

POUR SALUER GIONO (Folio nº 2448).

LES SECRETS DE LAVIOLETTE (Folio Policier nº 133).

LA NAINE (Folio nº 2585).

PÉRIPLE D'UN CACHALOT (Folio nº 2722).

LA FOLIE FORCALQUIER (Folio Policier nº 108).

LES ROMANS DE MA PROVENCE (album).

L'AUBE INSOLITE (Folio nº 3328).

UN GRISON D'ARCADIE (Folio nº 3407).

LE PARME CONVIENT À LAVIOLETTE (Folio Policier nº 231).

L'OCCITANE, UNE HISTOIRE VRAIE.

L'ARBRE, nouvelle extraite des SECRETS DE LAVIOLETTE (Folio 2 € nº 3697).

APPRENTI (Folio nº 4215).

UN MONSTRE SACRÉ (Folio nº 4411).

MA PROVENCE D'HEUREUSE RENCONTRE, guide secret (Folio nº 4474).

LAURE DU BOUT DU MONDE (Folio nº 4587).

CHRONIQUE D'UN CHÂTEAU HANTÉ (Folio nº 4987).

Aux Éditions Fayard

LE SANG DES ATRIDES (Folio Policier n° 109).

LE TOMBEAU D'HÉLIOS (Folio Policier n° 198).

LE SECRET DES ANDRONES (Folio Policier n° 107).

LE COMMISSAIRE DANS LA TRUFFIÈRE (Folio Policier n° 22).

LES CHARBONNIERS DE LA MORT (Folio Policier n° 74).

LES ENQUÊTES DU COMMISSAIRE LAVIOLETTE.

Aux Éditions Gallimard

L'ENFANT QUI TUAIT LE TEMPS (Folio n° 4030).

Aux Éditions du Chêne

LES PROMENADES DE JEAN GIONO (album).

Aux Éditions Alpes de lumière

LA BIASSE DE MON PÈRE.

Aux Éditions Robert Laffont

ÉLÉGIE POUR LAVIOLETTE.

Composition Graphic Hainaut.
Impression Maury-Imprimeur
45330 Malesherbes
le 24 décembre 2010.
Dépôt légal : décembre 2010.
1er dépôt légal dans la collection : décembre 2006.
Numéro d'imprimeur : 161324.

ISBN 978-2-07-034248-8. / Imprimé en France.

179772